O Natal de Poirot

AGATHA CHRISTIE

O Natal de Poirot

Um caso de Hercule Poirot

Tradução
Vânia de Almeida Salek

3ª impressão

EDITORA
NOVA
FRONTEIRA

Título original: Hercule Poirot's Christmas

Editora Nova Fronteira S.A.
Rua Nova Jerusalém, 345– Bonsucesso – 21042-235
Rio de Janeiro – RJ – Brasil
Tel.: (21) 3882-8200– Fax: (21) 3882-8212 / 8313
http://www.novafronteira.com.br
e-mail: sac@novafronteira.com.br

Equipe de produção
Leila Name
Izabel Aleixo
Shahira Mahmud
Ana Carolina Merabet
Andrea Hecksher
Daniele Cajueiro
Janaína Senna
Ligia Barreto Gonçalves

Revisão de tradução
Ricardo Silveira

Revisão
Cláudia Ajúz
Diogo Henriques

Diagramação
Futura

CIP-Brasil. Catalogação-na-fonte
Sindicato Nacional dos Editores de Livros, RJ

C479n Christie, Agatha, 1890-1976
O Natal de Poirot/Agatha Christie; tradução de Vânia de Almeida Salek. – edição especial – Rio de Janeiro : Nova Fronteira, 2009

Tradução de: Hercule Poirot's Christmas
ISBN 978-85-209-2360-3

1. Ficção inglesa. I. Salek, Vânia de Almeida. II. Título.
CDD 823
CDU 821.111-3

Meu querido James

Você sempre foi um de meus leitores mais fiéis e bondosos e, por isso mesmo, fiquei seriamente perturbada ao receber seu comentário crítico.

Queixou-se de que meus assassinatos estariam ficando refinados demais — na verdade, anêmicos. Demonstrou, também, o desejo de "um assassinato dos bons, violento e cheio de sangue". Um assassinato em que não houvesse dúvida de ser assassinato!

Pois esta é a história que escrevi especialmente para você. Espero que lhe agrade.

Com todo o carinho, de sua cunhada

Agatha

Quem jamais poderia imaginar que aquele velho guardasse tanto sangue dentro de si?

Macbeth

Sumário

Primeira parte

22 de dezembro

I

Stephen levantou a gola do casaco enquanto andava rapidamente ao longo da plataforma. Um denso nevoeiro pairava sobre a estação. Motores enormes sibilavam ensurdecedoramente despejando nuvens de vapor em meio ao frio cortante. Tudo por ali estava sujo e encardido de fumaça.

"Que país repugnante, que cidade repugnante!", Stephen pensou com aversão.

O primeiro impacto de animação que Londres lhe causara, com suas lojas, restaurantes, mulheres atraentes e bem-vestidas, havia desaparecido. Agora ele via a cidade como um falso brilhante num ambiente lúgubre.

E se agora estivesse de novo na África do Sul... Sentiu um aperto de saudade. Sol, céu azul, jardins floridos, lindas flores azuis, sebes de plumbagos, convólvulos azuis pendurados em toda palhoça, por menor que fosse.

E aqui só poeira, tudo encardido, e multidões intermináveis, que não paravam nunca de passar, andando, correndo, acotovelando-se. Formigas trabalhadeiras, ocupadíssimas, às voltas com os afazeres do formigueiro.

Por um momento, chegou a pensar: "Antes não tivesse vindo..."

Depois lembrou-se de seu objetivo, e seus lábios se contraíram de forma sinistra. Não, com os diabos, levaria seu intuito adiante! Havia planejado durante anos. Sempre quisera fazer — o que ele ia fazer. Sim, levaria adiante!

Aquela relutância momentânea, aquele súbito questionamento de si mesmo: "Por quê? Vale a pena? Por que se ater ao passado? Por que não apagar tudo de vez?" — aquilo não passava de fraqueza. Não era mais criança para fazer isso ou aquilo seguindo um capricho de momento. Era um homem de quarenta anos, seguro, com objetivos definidos. Levaria adiante. Faria o que viera fazer na Inglaterra.

Entrou no trem e percorreu o corredor procurando um lugar. Havia dispensado um carregador e levava sua própria valise de couro cru. Olhou de vagão em vagão. O trem estava cheio. Faltavam apenas três dias para o Natal. Stephen Farr olhou com desgosto os vagões lotados.

Gente! Uma quantidade interminável de gente, gente que não acabava mais! E todos tão, tão — como era mesmo a palavra? — *enfadonhos*! Tão parecidos, tão terrivelmente parecidos! Os que não tinham rosto de carneiro, tinham de coelho, ele pensou. Alguns conversavam e faziam algazarra. Outros, homens corpulentos de meia-idade, grunhiam. Estes mais pareciam porcos. Até mesmo as garotas, esguias, de rostos ovais e lábios escarlates, tinham uma uniformidade deprimente.

Tudo isso ele pensou com uma saudade súbita das savanas abertas, banhadas de sol e solitárias...

E depois, de repente, prendeu a respiração ao olhar para um vagão. Aquela garota era diferente. Cabelos pretos, a pele alva e suavemente vistosa, os olhos com a profundidade e a escuridão da noite. Os olhos tristes e orgulhosos do Sul... Não estava certo aquela moça sentada no trem em meio à monotonia daquelas pessoas enfadonhas — não tinha sentido ela ir para o melancólico interior da Inglaterra. Ela deveria estar numa sacada, segurando uma rosa entre os lábios, de lenço preto na cabeça a realçar-lhe o orgulho; e, no ar, tinha que ter poeira, calor e o cheiro de sangue — o cheiro das arenas de touros... Deveria estar num belo lugar, e não espremida no canto de um vagão de terceira classe.

Ele era um homem observador. Não deixou de reparar a pobreza de seu casaquinho preto e de sua saia, assim como as luvas baratas de pano, os sapatos frágeis e o tom de desafio da bolsa vermelho-escarlate. Mesmo assim, esplendor foi a qualidade que associou a ela. Ela *era* esplêndida, bela, exótica...

Que diabos estaria fazendo neste país de nevoeiros e geadas, de formigas ligeiras e atarefadas?

Pensou: "Tenho de descobrir quem ela é e o que está fazendo aqui... Tenho de descobrir..."

II

Pilar estava sentada à janela, espremida, pensando em como era estranho o cheiro dos ingleses... Até o momento, era o que lhe tinha causado o maior impacto por parte dos ingleses — a diferença de cheiro. Não havia alho nem poeira e muito pouco perfume. Agora, neste vagão, sentia o cheiro do ar frio abafado, o cheiro de enxofre dos trens, o cheiro de sabão e um outro cheiro bem desagradável que vinha, pensou ela, da gola de pele da mulher rechonchuda sentada a seu lado. Pilar fungou delicadamente, inalando a contragosto o odor de naftalina. Era engraçado que alguém escolhesse uma fragrância daquelas para passar em si mesma, pensou.

Ouviu-se um apito, uma voz vigorosa gritou qualquer coisa e o trem deu os primeiros solavancos, deixando lentamente a estação. Haviam partido. Ela estava a caminho...

Seu coração começou a bater um pouco mais depressa. Daria tudo certo? Será que ela iria conseguir realizar aquilo a que se dispusera? É claro, é claro, havia pensado em tudo com tanto cuidado... Estava preparada para qualquer eventualidade. Ah, conseguiria sim — tinha de conseguir...

Subitamente, sua boca vermelha arrebitou. Aquela boca mostrou-se cruel. Cruel e voraz, como a boca de uma criança ou de um gatinho, uma boca que só conhecia seus próprios desejos e ainda não estava preparada para a piedade.

Olhou ao redor com a franca curiosidade de uma criança. Todas aquelas pessoas, sete ao todo — como eram engraçados os ingleses! Todos pareciam tão prósperos, tão ricos, suas roupas, suas botas. Ah! Sem dúvida a Inglaterra era mesmo aquele país muito rico de que ela sempre ouvira falar. Mas não eram alegres, de modo algum — não, decididamente não eram alegres.

Aquele homem de pé no corredor era bonito... Pilar achou-o muito bonito. Gostou de seu rosto bem bronzeado e de seu nariz adunco e de seus ombros retos. Com maior rapidez do que qualquer garota inglesa, Pilar percebera que o homem a admirava. Não olhara diretamente para ele uma só vez, mas sabia perfeitamente quantas vezes ele a olhara e a maneira como o fizera.

Registrou os fatos sem grande interesse ou emoção. Vinha de um país onde os homens olhavam as mulheres com a máxima naturalidade, sem disfarçar. Tentou adivinhar se ele era inglês e achou que não.

"Ele é vivo demais, real demais para ser inglês", concluiu. "Mas é louro. Talvez seja americano."

Ele se parecia, pensou Pilar, com os atores que vira em filmes de faroeste.

Um dos empregados do trem veio abrindo caminho pelo corredor.

— Café da manhã, por favor. Café da manhã. Tomem seus lugares para o café da manhã.

Os sete ocupantes do vagão de Pilar apanharam seus bilhetes para o café da manhã. Levantaram-se de uma só vez e, de repente, o vagão ficou calmo e silencioso.

Pilar rapidamente suspendeu a janela para fechar uma fresta no alto, aberta por uma senhora grisalha de aspecto agressivo que se sentava no canto oposto. Depois esparramou-se confortavelmente em seu assento e espiou pela janela os subúrbios do norte de Londres. Não voltou a cabeça ao ouvir o ruído da porta se abrindo. Era o homem do corredor, e Pilar sabia, é claro, que ele entrara no vagão com o objetivo de conversar com ela.

Continuou a olhar compenetradamente pela janela.

— Quer que eu abra a janela? — perguntou Stephen Farr.

— Pelo contrário. Acabo de fechá-la — respondeu Pilar reservadamente.

Ela falava um inglês perfeito, mas com ligeiro sotaque.

Durante a pausa que se seguiu, Stephen pensou: "Que voz deliciosa! É como se tivesse o sol... É quente como uma noite de verão..."

Pilar pensou: "Gosto da voz dele. É alta e forte. Ele é atraente — é muito atraente, sim."

— O trem está muito cheio — disse Stephen.

— Ah, e como! Eu acho que as pessoas saem de Londres porque a cidade é muito sombria.

Pilar não fora educada de maneira a achar que conversar com homens estranhos em trens fosse um crime. Sabia cuidar de si tão bem quanto qualquer garota, mas não tinha tabus rigorosos.

Se Stephen tivesse sido educado na Inglaterra, talvez se sentisse pouco à vontade puxando conversa com uma jovem. Mas Stephen tinha uma boa alma e achava perfeitamente natural conversar com qualquer pessoa, sempre que sentisse vontade.

Ele sorriu sem nenhuma inibição e disse:

— Londres é um lugar terrível, não acha?

— Se é! Não gosto nem um pouco da cidade.

— Nem eu.

— Você não é inglês, é? — perguntou Pilar.

— Sou britânico, mas venho da África do Sul.

— Entendo. Está explicado.

— Você também é de outro país?

— Da Espanha — assentiu Pilar.

Stephen ficou interessado.

— Da Espanha? Não diga! Então você é espanhola?

— Sou meio espanhola. Minha mãe era inglesa. Por isso falo inglês tão bem.

— E essa guerra, hein? — perguntou Stephen.

— Uma coisa terrível, muito, muito triste. Tem havido muito estrago, muito prejuízo... demais.

— De que lado você está?

As idéias políticas de Pilar eram um tanto vagas. Na aldeia de onde viera, explicou, ninguém tinha dado muita importância à guerra.

— Não nos atingiu de perto, entende? O prefeito é funcionário do governo e, sendo assim, é claro que apóia o governo. E o padre apóia o general Franco, mas a maioria das pessoas está ocupada com as vinhas e com a terra, não tem tempo para se dedicar a esses assuntos.

— Então a guerra não chegou até você.

Pilar disse que não.

— Mas eu tive a oportunidade — explicou — de cruzar o país de carro e estava tudo destruído. E vi quando uma bomba caiu e explodiu um carro, e uma outra destruiu uma casa. Fiquei muito emocionada.

Stephen Farr esboçou um sorriso meio retorcido.

— Foi essa a impressão que você teve?

— Tive um contratempo, também — prosseguiu Pilar. — Porque eu queria continuar e o motorista de meu carro foi morto.

— Você não ficou assustada? — perguntou Stephen, observando-a.

Os olhos grandes e escuros de Pilar arregalaram-se.

— Todos têm de morrer! A vida é assim, não é? E se a morte vem rapidamente do céu, bum!, assim, de uma maneira ou de outra, dá no mesmo. A gente vive durante um período, claro, e depois morre. É isso o que acontece neste mundo.

Stephen Farr deu uma risada.

— Não creio que você seja uma pacifista.

— Não crê que eu seja o quê?

Pilar ficou confusa com aquela palavra que ainda não havia entrado em seu vocabulário.

— Você perdoa seus inimigos, Señorita?

Pilar sacudiu a cabeça.

— Não tenho inimigos. Mas se tivesse...

— Sim?

Ele a observava, fascinado a cada momento por aquela boca doce e cruel, curvada para cima.

— Se eu tivesse um inimigo — disse Pilar em tom grave —, se alguém me odiasse e eu também odiasse essa pessoa... acho que lhe cortaria o pescoço, *assim*...

Fez um gesto significativo.

Foi um gesto tão rápido e tão real que Stephen Farr foi tomado de surpresa. Depois disse:

— Você tem sede de sangue, mocinha!

— O que você faria com um inimigo? — perguntou Pilar, em tom incisivo.

Ele se espantou — olhou-a fixamente e depois deu uma boa risada.

— Nem sei — respondeu. — Nem sei!

— Mas é claro que sabe — retrucou Pilar, com ar desaprovador.

Ele conteve o riso, respirou fundo e disse em voz baixa:

— Sim. Eu sei...

Então, mudando rapidamente de atitude, perguntou:

— O que a trouxe à Inglaterra?

— Vou ficar com meus parentes... com meus parentes ingleses — respondeu Pilar, com certa reserva.

— Entendo.

Ele recostou-se em seu assento, estudando-a — imaginando como seriam esses parentes ingleses de que ela falava — imaginando o que pensariam daquela espanhola tão diferente deles, tentando enxergá-la no seio de uma circunspecta família inglesa no Natal.

— A África do Sul é um lugar agradável, não? — perguntou Pilar.

Ele começou a falar-lhe sobre a África do Sul. Ela o escutou, entretida como uma criança que ouve uma história. Ele gostava de suas perguntas ingênuas, mas sagazes, e divertia-se ao narrar as coisas como um conto de fadas exagerado.

A volta dos ocupantes do vagão pôs um fim a esse passatempo. Ele se levantou, sorriu para ela e seguiu pelo corredor.

Ao parar por um instante na porta, para dar passagem a uma senhora idosa, seus olhos pousaram na etiqueta da cesta de palha de Pilar, obviamente estrangeira. Leu o nome com interesse — *srta. Pilar Estravados.* Depois, quando os olhos avistaram o endereço, arregalaram-se de incredulidade e alguma outra sensação — *Gorston Hall, Longdale, Addlesfield.*

Deu meia-volta e olhou a moça com uma nova expressão, confuso, ressentido, desconfiado... Desapareceu no corredor e ali ficou fumando um cigarro, intrigado...

III

Na imensa sala de recepções de Gorston Hall, azul e dourada, Alfred Lee e Lydia, sua mulher, discutiam sobre os preparativos para o Natal. Alfred era um homem robusto, de meia-idade, com rosto tranqüilo, olhos castanhos e ternos. Quando falava, sua voz era calma e precisa, com uma dicção muito clara. A cabeça estava enterrada nos ombros, o que lhe dava uma curiosa impressão de inércia. Lydia, sua mulher, era enérgica, esbelta como um galgo. Era incrivelmente magra, mas todos os seus movimentos tinham graça e leveza surpreendentes.

Não havia beleza em seu rosto pálido e descuidado, mas havia distinção. Sua voz era encantadora.

— Papai insiste! — disse Alfred. — Não há nada que possamos fazer.

Lydia controlou um movimento repentino de impaciência.

— E você tem sempre que ceder a ele?

— Ele já está muito velho, querida...

— Oh, eu sei... eu sei!

— Ele espera que as coisas sejam feitas ao jeito dele.

— Naturalmente, já que sempre foi assim! — retrucou Lydia secamente. — Mas vai chegar a hora, Alfred, em que você terá de dar um basta.

— O que você quer dizer, Lydia?

Ele a encarava, tão nitidamente perturbado e assustado que, por um momento, ela mordeu o lábio e ficou em dúvida sobre se devia ou não prosseguir.

— O que você quer dizer, Lydia? — repetiu Alfred Lee.

Ela balançou os ombros magros e graciosos. Depois respondeu, tentando escolher as palavras com cuidado:

— Seu pai... tem tendência... a ser tirânico...

— Ele está velho.

— E ficará mais velho. E, conseqüentemente, mais tirânico. Onde vai acabar tudo isso? Ele já tem total controle sobre nossas vidas. Não podemos fazer um plano que seja nosso! Quando o fazemos, é quase certo que será alterado.

— Papai sempre espera vir em primeiro lugar. Ele é muito bom para nós, lembre-se.

— Oh! bom para nós!

— *Muito* bom para nós — Alfred falou em tom ligeiramente severo.

— Você quer dizer financeiramente? — perguntou Lydia com calma.

— É. As necessidades dele são muito simples. Mas nunca nos nega dinheiro. Você pode gastar o quanto quiser em roupas e nesta casa, e as contas são pagas sem um pio sequer. Não tem nem uma semana que ele nos deu um carro novo.

— No que diz respeito a dinheiro, seu pai é muito generoso, reconheço — disse Lydia. — Mas, em troca, espera que nos comportemos como escravos.

— Escravos?

— Foi isso mesmo que eu disse. Você é escravo dele, Alfred. Se planejamos uma viagem e, de repente, seu pai não quer que viajemos, você cancela tudo que foi combinado e fica calado! Se, por um capricho, ele quer que viajemos, nós vamos... Não temos vida própria... nenhuma independência.

— Eu gostaria que você não falasse assim, Lydia — disse o marido em tom angustiado. — Que ingratidão de sua parte! Meu pai tem feito tudo por nós...

Lydia engoliu uma resposta que estava na ponta da língua. Mais uma vez sacudiu os ombros magros e graciosos.

— Você sabe, Lydia, que o velho gosta muito de você...

— Eu não gosto nem um pouco dele — retorquiu a mulher de modo claro e decidido.

— Lydia, você me deixa angustiado quando diz essas coisas. É tão injusto...

— Talvez. Mas às vezes somos compelidos a falar a verdade.

— Se papai soubesse...

— Seu pai sabe perfeitamente que não gosto dele! E acho que se diverte com isso.

— Ora, Lydia, tenho certeza de que, nesse ponto, você está enganada. Ele sempre comenta comigo que você o trata de maneira encantadora.

— Naturalmente, sou educada. Sempre serei. Estou apenas revelando a você meus verdadeiros sentimentos. Não gosto de seu pai, Alfred. Penso nele como um velho malicioso e despótico. Ele o oprime, confiando no seu apego a ele. Você deveria ter se imposto há muitos anos.

— Chega, Lydia — interrompeu Alfred bruscamente. — Por favor, não diga mais nada.

— Desculpe — suspirou Lydia. — Talvez eu esteja errada... Vamos falar sobre os preparativos para o Natal. Você acha que seu irmão David virá mesmo?

— Por que não?

Ela balançou a cabeça, em dúvida.

— David é... estranho. Lembre-se de que ele não entra nesta casa há anos. Era tão apegado à sua mãe... ele guarda ressentimentos deste lugar.

— David sempre irritou papai — disse Alfred — com sua música e seu ar sonhador. Talvez papai tenha sido severo demais com ele algumas vezes. Mas acho que David e Hilda virão, sim. Espírito de Natal, você sabe.

— Paz e boa vontade — disse Lydia. Sua boca delicada fez uma curva irônica. — Imagino! George e Magdalene também vêm. Disseram que talvez cheguem amanhã. Receio que Magdalene fique terrivelmente entediada.

— Não consigo entender por que meu irmão se casou com uma mulher vinte anos mais jovem! — disse Alfred, ligeiramente aborrecido. — George sempre foi um tolo!

— Ele tem tido muito sucesso na carreira — disse Lydia. — Os eleitores gostam dele. Acho que Magdalene lhe dá grande apoio político.

— Não creio que eu goste muito dela — disse Alfred lentamente. — Acho-a muito bonita, mas... às vezes comparo-a com uma dessas belas peras que se compram... têm um tom rosado e mais parecem de cera...

Ele balançou a cabeça.

— E são ruins por dentro? — perguntou Lydia. — É engraçado você dizer uma coisa dessas, Alfred!

— Por que engraçado?

— Porque... geralmente — respondeu ela — você é tão bondoso. Dificilmente diz alguma coisa desagradável sobre uma pessoa. Às vezes me aborreço com você porque você não é suficientemente... ah, como direi?... suficientemente desconfiado... Você deveria ser mais esperto!

O marido sorriu.

— A escola da vida, eu sempre achei, nos ensina conforme a concepção que temos dela.

— Não! — retrucou Lydia duramente. — O mal não está apenas na cabeça das pessoas. O mal existe! *Você* parece não ter consciência do mal que existe no mundo. Eu tenho. Posso senti-lo. Sempre o senti... aqui nesta casa...

Ela mordeu o lábio e virou-se.

— Lydia... — chamou Alfred.

Mas ela fez um ligeiro gesto de alerta com a mão, os olhos fixos em algo atrás dele. Alfred virou-se.

Um homem moreno, de rosto liso, encontrava-se ali parado, respeitosamente.

— O que é, Horbury? — perguntou Lydia rispidamente.

A voz de Horbury mal passava de um murmúrio grave e respeitoso.

— É o sr. Lee, Madame. Pediu-me que lhe dissesse que haverá mais dois convidados para o Natal, e que a senhora providenciasse os quartos para eles.

— Mais dois convidados? — perguntou Lydia.

— Sim, Madame — disse Horbury suavemente —, mais um cavalheiro e uma jovem.

— Uma jovem? — perguntou Alfred.

— Foi o que o sr. Lee disse, senhor.

— Vou subir e falar com ele — disse Lydia rapidamente.

Horbury deu um pequeno passo, apenas a insinuação de um movimento, mas o suficiente para interromper automaticamente o rápido progresso de Lydia.

— Desculpe, Madame, mas o sr. Lee está fazendo a sesta. Pediu-me especificamente para não ser incomodado.

— Entendo — disse Alfred. — É claro que não vamos incomodá-lo.

— Obrigado, senhor.

Horbury retirou-se.

— Como detesto esse homem! — disse Lydia com veemência. — Anda pela casa sorrateiro como um gato! Nunca se ouve quando entra ou sai.

— Também não gosto muito dele. Mas conhece o serviço. Não é tão fácil arranjar um bom enfermeiro. E papai gosta dele, isso é o que importa.

— É, isso é o que importa, como você diz. Alfred, que acha dessa tal jovem? Quem será?

O marido balançou a cabeça.

— Não sei. Não consigo nem imaginar quem possa ser.

Os dois trocaram um olhar. Depois Lydia falou, torcendo subitamente sua boca expressiva.

— Quer saber o que eu acho, Alfred?

— O quê?

— Acho que seu pai tem andado meio entediado ultimamente. Acho que está programando uma ligeira diversão para si mesmo no Natal.

— Trazendo dois estranhos para uma reunião de família?

— Oh! Não conheço os detalhes... Mas imagino que seu pai esteja se preparando... para se divertir.

— Espero que consiga divertir-se *mesmo* — disse Alfred gravemente. — Pobre velho, preso pelas pernas, um inválido... depois da vida aventureira que levou...

— Depois da vida... aventureira que levou!

Lydia fez o comentário lentamente. A pausa antes do adjetivo deu-lhe um significado especial, ainda que obscuro. Alfred pareceu senti-lo. Seu rosto ficou vermelho e a fisionomia se entristeceu.

De repente, ela desabafou.

— Não consigo imaginar como ele pôde ter um filho como você! Vocês são dois pólos opostos. E ele o fascina... você simplesmente o adora!

Alfred retrucou ligeiramente irritado.

— Você não acha que está indo longe demais, Lydia? É natural, diria eu, que um filho ame seu pai. Estranho seria o contrário.

— Neste caso, a maioria dos membros desta família é... estranha! Ora, não vamos discutir! Peço desculpas. Eu o magoei, sei disso. Acredite, Alfred, não foi essa minha intenção. Admiro imensamente sua... sua *fidelidade*. A lealdade é uma virtude tão rara hoje em dia. Digamos que eu esteja com ciúme, está bem? É de se esperar que as mulheres tenham ciúme das sogras... Por que não dos sogros, então?

Ele a abraçou delicadamente.

— Você se deixa levar pela língua, Lydia. Não há razão para ciúmes.

Ela deu-lhe um beijo rápido, cheio de remorso, e fez-lhe um carinho de leve na ponta da orelha.

— Sei disso. Mesmo assim, Alfred, não creio que jamais tivesse o menor ciúme de sua mãe. Gostaria de tê-la conhecido.

— Era uma pobre criatura — ele disse.

A esposa olhou-o com interesse.

— Então era essa a impressão que lhe causava... uma pobre criatura... Interessante!

— Lembro-me dela quase sempre doente... — disse ele, com um ar onírico. — Geralmente chorando. — Balançou a cabeça. — Não tinha vivacidade.

Ainda olhando para o marido, Lydia murmurou em tom muito baixo:

— Que estranho...

Mas, ao receber um olhar inquisidor, ela sacudiu a cabeça rapidamente e mudou de assunto.

— Já que não temos permissão para saber quem são nossos misteriosos hóspedes, vou lá fora terminar meu jardim.

— Está muito frio, querida, um vento cortante.

— Vou me agasalhar bem.

Ela saiu da sala. Alfred Lee, sozinho, permaneceu imóvel durante alguns minutos, com a testa ligeiramente franzida, depois encaminhou-se para uma enorme janela na extremidade da sala. Do lado de fora, havia um terraço ao longo de todo o comprimento da casa. Ali, depois de um ou dois minutos, viu Lydia aparecer, carregando uma cesta rasa. Usava um grande casaco de lã. Colocou a cesta no chão e começou a trabalhar junto a uma pia quadrada de pedra, pouco acima do nível do chão.

O marido observou-a durante certo tempo. Finalmente, saiu da sala, apanhou um casaco e um cachecol e surgiu no terraço por uma porta lateral. Ao caminhar, passou por várias pias de pedra dispostas como jardins em miniatura, todos eles produtos dos dedos ágeis de Lydia.

Um deles representava uma cena do deserto, com areia fina amarela, um pequeno agrupamento de palmeiras verdes, feitas de latão colorido, e uma procissão de camelos, com um ou dois bonequinhos árabes. Algumas casas primitivas de barro haviam sido feitas de plastilina. Havia um jardim italiano com terraços e canteiros formais com flores de lacre colorido. Havia também um jardim ártico, com pequeninos montes de vidro verde representando *icebergs* e um pequeno grupo de pingüins. Depois vinha um jardim japonês com duas belas arvorezinhas anãs, um espelho fingindo de água e pontes modeladas em plastilina.

Finalmente chegou aonde ela estava trabalhando. Lydia havia assentado um papel azul e cobrira-o com vidro. Ao redor havia montes de pedras empilhadas. No momento, ela tirava seixos brutos de uma sacola e os arrumava de maneira a formar uma praia. Entre as pedras havia pequenos cactos.

Lydia murmurava para si mesma:

— Sim, é exatamente isso... exatamente o que eu quero.

— Qual é esta última obra de arte? — perguntou Alfred.

Ela assustou-se, pois não o ouvira aproximar-se.

— Esta? Oh, é o mar Morto, Alfred. Gosta?

— Está um pouco árido, não? Talvez devesse ter um pouco mais de vegetação.

Ela balançou a cabeça.

— É a idéia que faço do mar Morto. Ele é *morto*, entende?

— Não está tão bonita quanto as outras.

— E nem era para ser especialmente bonita.

Ouviram passos no terraço. Um mordomo idoso, de cabelos brancos e ligeiramente curvado, dirigia-se até eles.

— A sra. George Lee ao telefone, Madame. Pergunta se há algum inconveniente se ela e o sr. George chegarem no trem das 17h20 amanhã.

— Não, diga-lhe que está bem.

— Obrigado, Madame.

O mordomo afastou-se apressadamente. Lydia observou-o com uma expressão meiga.

— O velho Tressilian. Que homem prestativo! Não consigo imaginar o que faríamos sem ele.

Alfred concordou.

— É da velha-guarda. Está conosco há quase quarenta anos. Sempre foi muito dedicado.

Lydia assentiu com a cabeça.

— É. Parece um daqueles velhos e fiéis criados dos romances. Acho que seria capaz de sustentar uma mentira, por mais deslavada que fosse, só para proteger um membro da família!

— Também acho... — concordou Alfred. — É, também acho.

Lydia retocou a última pontinha de sua praia de cascalhos.

— Chega — falou. — Está pronta.

— Pronta? — Alfred ficou confuso.

Ela riu.

— Para o Natal, seu bobo! Para este Natal sentimental e familiar que teremos.

IV

David estava lendo a carta. Já a tinha amassado numa bolinha e jogado para longe de si. Depois a pegara, alisara, e agora lia de novo.

Calmamente, sem dizer palavra, sua mulher, Hilda, observava-o. Percebeu um músculo pulsando (ou seria um nervo?) na têmpora dele, o ligeiro tremor das mãos longas e delicadas, os movimentos nervosos e espasmódicos de todo o corpo. Quando ele afastou para o lado a mecha de cabelos louros que sempre lhe caía sobre a testa e olhou-a com os olhos azuis suplicantes, ela estava preparada.

— Hilda, o que devemos fazer?

Hilda hesitou um pouco antes de falar. Sentira o apelo em sua voz. Sabia o quanto ele dependia dela — sempre fora assim, desde o casamento —, sabia que, provavelmente, ela poderia influenciar sua decisão de maneira final e definitiva. Exatamente por isso, preocupava-se em não externar um palpite muito definitivo.

Ela falou, com aquele efeito tranqüilizante e suave que pode ser sentido na voz de uma babá experiente ao conversar com crianças:

— Depende de como você se sinta em relação a isso, David.

Uma mulher sólida, Hilda, que, sem ser bonita, tinha certo magnetismo. Havia nela qualquer coisa de uma pintura holandesa. Qualquer coisa aconchegante e afetuosa no tom de sua voz. Qualquer coisa de forte, uma força vital oculta que atrai a fraqueza. Uma mulher de meia-idade, bastante robusta, sem ser inteligente, sem ser brilhante, mas com *qualquer coisa* que não passaria despercebida a ninguém. Vigor! Hilda Lee tinha vigor!

David levantou-se e começou a andar de um lado para o outro. Seus cabelos ainda não tinham um só fio branco. Tinha um ar estranhamente infantil. Seu rosto tinha a característica suave de um cavaleiro de Burne-Jones. De alguma forma, não era muito real...

Ele falou, com voz melancólica:

— Você sabe como me sinto, Hilda, você sabe!

— Não tenho muita certeza.

— Mas eu já lhe disse... já lhe disse inúmeras vezes! Eu odeio tudo aquilo: a casa, o lugar onde ela fica e tudo o mais! Só me traz sofrimento. Odeio todos os minutos que vivi lá! Quando me lembro... de tudo o que *ela* sofreu... minha mãe...

Sua mulher balançou a cabeça compreensivamente.

— Ela era tão meiga, Hilda, e tão paciente. Ficava deitada, geralmente sofrendo, mas agüentando... suportando tudo. E quando me lembro de meu pai — seu rosto entristeceu-se — transformando a vida dela naquele inferno... humilhando-a... gabando-se de suas amantes... sempre infiel a ela, sem nunca se dar ao trabalho de ocultar.

— Ela não deveria ter tolerado nada daquilo! — disse Hilda Lee. — Deveria tê-lo abandonado.

— Era boa demais para fazer uma coisa dessas — retrucou David, em tom ligeiramente reprovador. — Achava que era seu dever ficar. Além disso, era a casa dela... para onde iria?

— Poderia ter feito sua própria vida.

— Não naquela época! — disse David, irritado. — Você não compreende. As mulheres não agiam assim. Elas agüentavam as coisas. Suportavam pacientemente. Ela pensava em nós. Mesmo que se houvesse divorciado de meu pai, o que teria acontecido? Provavelmente ele se casaria de novo. Talvez houvesse uma segunda família. *Nossos* interesses teriam ido por água abaixo. Ela era obrigada a considerar tudo isso.

Hilda não respondeu.

— Não, ela agiu certo — prosseguiu David. — Era uma santa! Suportou até o fim, sem se queixar.

— Nem tanto sem se queixar — interrompeu Hilda —, caso contrário, você não saberia tanta coisa, David!

— É, ela me contava algumas coisas... — disse ele baixinho, o rosto se iluminando. — Sabia o quanto eu a amava. Quando morreu...

Ele parou. Passou as mãos pelo cabelo.

— Hilda, foi terrível... horrível! Que desolação! Ela ainda era muito jovem, não *precisava* ter morrido. *Ele* a matou... meu pai! Foi ele o responsável por sua morte. Partiu-lhe o coração. Decidi, então, que não continuaria a viver sob o mesmo teto que ele. E me afastei de tudo aquilo.

Hilda assentiu.

— Você foi sensato. Fez o que deveria ter feito.

— Papai queria que eu cuidasse dos negócios — continuou David. — Isso significava que eu continuaria a viver naquela casa. Eu não teria suportado. Não consigo imaginar como Alfred agüenta... todos esses anos!

— Ele nunca se rebelou? — perguntou Hilda com algum interesse. — Tenho a impressão de você haver me falado qualquer coisa a respeito de uma outra carreira que ele abandonou.

David concordou com a cabeça.

— Alfred ia entrar para o Exército. Papai arranjara tudo. Alfred, o primogênito, entraria para um regimento de Cavalaria. Harry e eu cuidaríamos dos negócios. E George faria carreira política.

— E as coisas não funcionaram assim?

David balançou a cabeça.

— Harry estragou tudo! Ele sempre foi terrivelmente rebelde. Contraía dívidas... e arranjava tudo quanto era tipo de confusão. Um dia, enfim, fugiu com centenas de libras que não lhe pertenciam, deixando um bilhete no qual dizia que uma mesa de escritório não era o bastante e que iria conhecer o mundo.

— E vocês nunca mais tiveram notícias dele?

— Ah sim, tivemos! — David deu uma risada. — E com muita freqüência! De todas as partes do mundo, ele sempre telegrafava pedindo dinheiro. E geralmente era atendido!

— E Alfred?

— Papai fez com que ele desistisse do Exército e voltasse para casa, a fim de cuidar dos negócios.

— E ele ficou aborrecido?

— Muito, no início. Ele detestava aquilo. Mas papai sempre pôde controlar Alfred, com um só dedinho. E acho que ele ainda se encontra totalmente sob o domínio de papai.

— E, você... escapou! — disse Hilda.

— É. Fui para Londres estudar pintura. Papai disse-me abertamente que se eu seguisse essa profissão idiota receberia uma mesada bem pequena enquanto ele vivesse, e não receberia nada depois que ele morresse. Eu disse que não me importava. Chamou-me de jovem idiota, e foi isso! Nunca mais o vi.

— E nunca se arrependeu? — perguntou Hilda, gentilmente.

— Não mesmo. Já me conscientizei de que nunca irei muito longe com minha arte. Jamais serei um grande artista... mas somos suficientemente felizes nesta casinha... temos tudo que queremos... tudo que é necessário. E se eu morrer, bem, tenho um seguro de vida em seu favor.

Fez uma pausa e prosseguiu:

— E agora *isto*!

Bateu na carta com a mão espalmada.

— Que pena seu pai haver escrito essa carta! Você ficou tão perturbado — disse Hilda.

David continuou como se não a tivesse escutado.

— Pedindo-me para levar minha mulher para passar o Natal, expressando o desejo de estarmos todos juntos no Natal; uma família unida! O que deve significar isso?

— E precisava ter outro significado, além do que está escrito? — perguntou Hilda.

Ele a olhou inquisidoramente.

— O que quero dizer — falou ela sorrindo — é que seu pai está ficando velho. Está começando a ficar sentimental quanto aos laços de família. Isso acontece, você sabe.

— Imagino que sim — disse David, lentamente.

— Ele está velho e só.

David dirigiu à mulher uma rápida olhadela.

— Você quer que eu vá, não quer, Hilda?

— Parece-me uma lástima — respondeu ela devagar — não atender a um apelo. Sou antiquada, confesso, mas por que não ter um pouco de paz e boa vontade no Natal?

— Depois de tudo que lhe disse?

— Eu sei, querido, eu sei. Mas tudo isso pertence ao *passado*. Já está morto e enterrado.

— Não para mim.

— Não, *porque você não quer deixar morrer*. Você mantém o passado vivo em sua memória.

— Não consigo esquecer.

— Você *não quer* esquecer, isso sim, David.

Seus lábios se contraíram.

— Nós, os Lee, somos assim. Lembramo-nos das coisas durante anos... ficamos remoendo, mantemos a memória sempre viva.

Hilda retrucou com um leve tom de impaciência:

— E isso é motivo de orgulho? Não acho que seja!

Ele olhou-a pensativamente, um tanto reservado, e disse:

— Você não dá muito valor à lealdade, então... lealdade a uma memória?

— Acho que o *presente* é o que importa — argumentou Hilda —, não o passado! O passado tem que sumir. Se tentamos manter vivo o passado, acabamos, penso eu, por *distorcê-lo*. Nós o vemos de maneira exagerada... é uma perspectiva falsa.

— Lembro-me perfeitamente de cada palavra e de cada incidente daquela época — disse David com veemência.

— Sei disso, mas não deveria, querido! Isso não é natural! Você aplica àquela época o julgamento de um menino, em vez de analisar com a visão mais madura de um homem.

— Que diferença faria? — perguntou David.

Hilda hesitou. Sentiu que seria insensato prosseguir, mas ainda havia coisas que necessitava terrivelmente dizer.

— Eu acho — falou — que você vê seu pai como um *monstro*! Provavelmente, se o visse agora, perceberia que ele não passa de um homem comum; talvez um homem que se tenha deixado levar por suas paixões, um homem cuja vida está longe de ser irrepreensível, mas, apesar de tudo, simplesmente um *homem*, não uma espécie de monstro desumano!

— Você não compreende! A maneira como tratava minha mãe...

Hilda interrompeu gravemente:

— Existe uma espécie de fraqueza... de submissão... que faz com que um homem revele o que tem de pior, ao passo que o mesmo homem, enfrentado com espírito de determinação, poderia ser uma criatura diferente!

— Então você acha que foi culpa dela...

Hilda o interrompeu:

— Não, é claro que não! Não tenho a menor dúvida de que seu pai tratou sua mãe muito mal, mas o casamento é uma coisa extraordinária... e tenho dúvidas de que uma pessoa de fora, mesmo um filho desse casamento, tenha o direito de julgar. Além disso, todo esse ressentimento de sua parte não pode ajudar sua mãe agora. Está tudo *acabado*. Ficou para trás! O que existe hoje é um velho, de saúde frágil, pedindo ao filho que retorne ao lar para o Natal.

— E você quer que eu vá?

Hilda hesitou e, de repente, tomou uma decisão:

— Quero, quero sim. Quero que vá e acabe com esse monstro da sua cabeça de uma vez por todas.

V

George Lee, membro do Parlamento, representante de Westeringham, era um cavalheiro um tanto corpulento, de 41 anos. Seus olhos eram de um azul pálido e ligeiramente saltados, com uma expressão de desconfiança. Tinha um maxilar pesado e um modo de falar lento e pedante.

— Já lhe disse, Magdalene, que considero meu *dever* ir lá — disse ele em tom grave.

A mulher deu de ombros, impaciente.

Era uma criatura esbelta, uma loura platinada com sobrancelhas feitas e rosto oval e liso. Em algumas ocasiões, seu rosto ficava vazio, destituído de qualquer expressão. E era assim que estava agora.

— Querido — disse ela —, vai ser absolutamente desagradável, tenho certeza.

— Além do mais — falou George Lee, e seu rosto iluminou-se como se lhe tivesse ocorrido uma idéia formidável —, vai nos proporcionar uma economia considerável. O Natal é sempre uma época dispendiosa. Podemos até pagar aos empregados o ordenado a seco enquanto estivermos fora.

— Está bem! — disse Magdalene. — Afinal de contas, o Natal é desagradável em qualquer lugar.

— Suponho — disse George, continuando em sua própria linha de raciocínio — que vão fazer uma ceia de Natal. Um belo pedaço de carne, talvez, em lugar de um peru.

— Quem? Os empregados? Oh, George, não crie tanto caso. Você se preocupa demais com o dinheiro.

— Alguém tem de se preocupar.

— Eu sei, mas é um absurdo ser tão avarento nessas coisinhas miúdas. Por que não pede a seu pai que lhe dê mais dinheiro?

— Eu recebo uma mesada bem razoável.

— É horrível ser totalmente dependente do pai, como você é! Ele deveria dar-lhe logo a sua cota.

— Não é assim que ele costuma agir.

Magdalene olhou-o. Seus olhos castanho-claros ficaram subitamente penetrantes. O rosto oval e inexpressivo encheu-se de significado repentino.

— Ele é incrivelmente rico, não é, George? Uma espécie de milionário, não é?

— Duas vezes milionário, creio eu.

Magdalene soltou um suspiro de inveja.

— Como ele ganhou essa fortuna? Na África do Sul, não foi?

— É, foi lá que ele ganhou uma imensa fortuna quando jovem. Principalmente diamantes.

— Emocionante! — disse Magdalene.

— Depois veio para a Inglaterra, abriu um negócio e sua fortuna, a bem da verdade, chegou a duplicar ou triplicar, eu acho.

— O que vai acontecer quando ele morrer? — perguntou Magdalene.

— Papai nunca falou muito sobre isso. É claro que ninguém pode *perguntar* exatamente. Imagino que a maior parte do dinheiro seja deixada para Alfred e para mim. Alfred vai ficar com a maior parte, é claro.

— Você tem outros irmãos, não tem?

— Tenho, meu irmão David, por exemplo. Não creio que *ele* vá receber muito. Fugiu de casa para ser artista, ou qualquer outra bobagem do gênero. Acho mesmo que papai advertiu-o de que o cortaria do testamento e David respondeu que tanto fazia.

— Que idiotice! — exclamou Magdalene com desprezo.

— E havia também minha irmã Jennifer. Ela fugiu com um estrangeiro... um artista espanhol... um dos amigos de David. Mas ela morreu há pouco mais de um ano. Deixou uma filha, se não me engano. Talvez papai deixe algum dinheiro para ela, mas não muito. E, é claro, há também o Harry...

Ele parou, ligeiramente embaraçado.

— Harry? — perguntou Magdalene, surpresa. — Quem é Harry?

— Bem... é... meu irmão.

— Nunca soube que você tinha outro irmão.

— Querida, ele não é... bem... nenhum orgulho para nós. Não o mencionamos. Seu comportamento foi desastroso. Há anos que não temos qualquer notícia dele. Provavelmente está morto.

Magdalene riu subitamente.

— O que foi? De que você está rindo?

— Estava apenas pensando — disse Magdalene — como é engraçado que você... *você*, George, tenha um irmão desregrado! Você é tão decente.

— É o que devo ser — disse George, friamente.

Os olhos dela se estreitaram.

— Seu pai não é... muito decente, é, George?

— Ora, Magdalene!

— Às vezes ele diz algumas coisas que me deixam muito pouco à vontade.

— Realmente, Magdalene, você me surpreende. E Lydia... bem... Lydia sente a mesma coisa?

— Ele não diz o mesmo tipo de coisas para Lydia — respondeu Magdalene. E acrescentou zangada: — *Não*, ele nunca o diz para *ela*. E não sei por quê.

George olhou-a rapidamente e depois desviou os olhos.

— Ah, bem — disse ele vagamente. — É preciso dar algum desconto. Na idade de papai... e com a saúde tão precária...

Ele calou-se. A mulher perguntou:

— Ele está mesmo... muito doente?

— Bem, eu não diria exatamente isso. Ele é incrivelmente forte. Mesmo assim, já que quer toda a família junto dele no Natal, acho que é nossa obrigação irmos. Talvez seja seu último Natal.

Ela retrucou incisiva:

— Você *diz* isso, George, mas na verdade, suponho, ele ainda pode viver alguns anos...

Ligeiramente abalado, o marido gaguejou:

— Ah... Pode sim, é claro que sim.

Magdalene afastou-se.

— Bem — disse ela —, acho que o mais acertado é irmos.

— Não tenho a menor dúvida quanto a isso.

— Mas será detestável! Alfred é tão chato, e Lydia me ofende.

— Tolice.

— Ofende sim. E odeio aquele criado abominável.

— O velho Tressilian?

— Não, Horbury. Esgueirando-se pelos cantos como um gato, com aquele sorriso afetado.

— Ora, Magdalene, não consigo imaginar como Horbury possa afetá-la!

— Ele simplesmente me irrita, só isso. Mas não vamos nos aborrecer. Temos de ir, compreendo. De nada adianta ofender o velho.

— Exatamente! Esse é que é o ponto. Quanto à ceia de Natal dos criados...

— Agora não, George, outra hora. Vou telefonar para Lydia e avisar que chegaremos no trem das 17h20, amanhã.

Magdalene saiu da sala precipitadamente. Depois de telefonar subiu para seu quarto e sentou-se à escrivaninha. Abriu o tampo e vasculhou todos os compartimentos. O dinheiro caiu aos montes, como uma cascata. Magdalene escolheu as notas, tentando organizá-las de alguma forma. Depois, com um suspiro impaciente, amontoou-as e jogou-as no local de origem. Passou a mão pelo cabelo louro platinado.

— E agora, o que vou fazer? — murmurou.

VI

No primeiro andar de Gorston Hall, um longo corredor levava a um grande quarto com vista para a entrada principal. Era um quarto mobiliado no mais resplandecente dos estilos ultrapassados. Tinha papel de parede com um brocado pesado, confortáveis poltronas de couro, grandes vasos com dragões em relevo, esculturas de bronze... Tudo ali era suntuoso, caro e sólido...

Numa enorme poltrona, a maior e mais imponente de todas, encontrava-se sentada a silhueta magra e encolhida de um velho. Suas mãos compridas e encarquilhadas repousavam nos braços da poltrona. A seu lado havia uma bengala folheada a ouro. Ele vestia um roupão azul, velho e surrado. Os pés calçavam chinelos de tecido. O cabelo era branco e a pele do rosto, amarela.

Uma figura insignificante, mesquinha, poder-se-ia pensar. Mas o nariz, aquilino e orgulhoso, e os olhos, escuros e intensamente vivos, poderiam fazer com que se mudasse de opinião. Ali havia fogo, vida e vigor.

O velho Simeon Lee gargalhou para si mesmo, uma gargalhada súbita e alta, de divertimento.

— Você deu meu recado para a sra. Alfred, hein?

Horbury estava de pé, ao lado de sua cadeira. Respondeu com sua voz baixa, em tom respeitoso:

— Sim, senhor.

— Exatamente com as palavras que mandei? Exatamente?

— Sim, senhor. Não cometi nenhum erro, senhor.

— Não... você não comete erros. E é melhor que não erre nunca... ou vai se arrepender! E o que ela disse, Horbury? O que o sr. Alfred disse?

Calmo, impassivo, Horbury repetiu o que se passara. O velho gargalhou novamente e esfregou as mãos

— Esplêndido... De primeira... Eles pensaram e deram tratos à bola a tarde toda! Esplêndido! Vou recebê-los agora. Vá chamá-los.

— Sim, senhor.

Horbury atravessou o quarto silenciosamente e saiu.

— E, Horbury...

O velho olhou ao redor e praguejou para si mesmo.

— Esse sujeito anda como um gato. Nunca se sabe onde ele está.

Permaneceu imóvel em sua cadeira, os dedos acariciando o queixo, até que houve uma batida leve na porta e Alfred e Lydia entraram.

— Ah, aqui estão, aqui estão. Sente-se aqui, Lydia querida, ao meu lado. Você está com uma bela cor.

— Estava lá fora, no frio. Depois disso, o rosto sempre fica queimando.

— Como está, papai? — perguntou Alfred. — Descansou bastante agora à tarde?

— Magnífico... magnífico. Sonhei com os velhos tempos! Antes de me estabelecer e me transformar num pilar da sociedade.

Ele desatou numa gargalhada súbita.

Sua nora sentou-se em silêncio, sorrindo atenciosamente.

— Que história é essa de mais dois convidados esperados para o Natal, papai? — perguntou Alfred.

— Ah, pois é! Preciso conversar com vocês sobre isso. Este ano, o Natal será grande para mim. Um grande Natal. Vejamos, George vem com Magdalene...

— É, eles chegam amanhã no trem das 17h20 — disse Lydia.

— Sujeito maçante, o George! — disse o velho Simeon. — Não passa de um falastrão! Mesmo assim, *é* meu filho.

— Os eleitores gostam dele — disse Alfred.

Simeon soltou mais uma gargalhada.

— Provavelmente, pensam que ele é honesto. Honesto! Até agora não apareceu nenhum Lee que seja honesto.

— Oh, não comece, papai.

— Exceto você, rapaz. Exceto você.

— E David? — perguntou Lydia.

— Pois é, David. Estou curioso para vê-lo depois de tantos anos. Era um jovem piegas. Como será a mulher dele? De qualquer maneira, *ele* não se casou com uma mulher vinte anos mais nova, como o idiota do George!

— Hilda escreveu uma carta muito simpática — disse Lydia. — Acabei de receber um telegrama dela confirmando a chegada amanhã.

O sogro olhou-a com um olhar agudo e penetrante.

Deu uma gargalhada.

— Eu nunca consigo tirá-la do sério, Lydia — disse ele. — Reconheço uma coisa, Lydia, você é uma mulher de boas maneiras. A educação diz tudo. Sei disso muito bem. Uma coisa engraçada, no entanto, é a hereditariedade. Apenas um de vocês puxou a mim... apenas um de toda a ninhada.

Os olhos dele dançaram.

— Agora adivinhem quem vem para o Natal. Vou dar-lhes três chances e aposto uma nota como não vão adivinhar.

Olhou para todos os rostos ali presentes, um a um. Franzindo a testa, Alfred falou:

— Horbury disse que o senhor aguardava uma jovem.

— E isso o deixou intrigado... Claro, claro! Pilar estará chegando a qualquer momento. Mandei um carro ir buscá-la.

Alfred perguntou abruptamente:

— *Pilar*?

— Pilar Estravados — disse Simeon. — A filha de Jennifer. Minha neta. Gostaria de saber como ela é.

— Santo Deus, papai, o senhor não me contou... — gritou Alfred.

O velho sorria.

— Não, preferi guardar segredo! Pedi a Charlton para escrever e combinar tudo.

Alfred voltou a falar, em tom ressentido e reprovador:

— O senhor não me contou...

O pai respondeu, ainda sorrindo maldosamente:

— Teria estragado a surpresa! Como será ter sangue jovem sob este teto outra vez? Nunca vi Estravados. A quem será que a menina puxou, à mãe ou ao pai?

— O senhor realmente acha sensato, papai — começou Alfred —, levando tudo em consideração?

O velho interrompeu-o:

— Segurança, segurança... você se preocupa demais com a segurança, Alfred! Eu nunca fui assim! Faça o que lhe agrada e dane-se o resto! É o que sempre digo! A moça é minha neta, a única da família! Não me importa quem foi o pai dela ou o que fazia! Ela é carne da minha carne, sangue do meu sangue! E vem morar na minha casa.

— Ela vem *morar* aqui? — perguntou Lydia abruptamente.

Ele lançou-lhe uma rápida olhadela.

— Alguma objeção?

Lydia balançou a cabeça e respondeu sorrindo:

— Eu não poderia fazer objeções ao fato de o senhor convidar alguém para morar em sua própria casa, poderia? Não, estava só pensando... sobre ela.

— Sobre ela... o que quer dizer?

— Se ela será feliz aqui.

O velho Simeon levantou a cabeça com desdém.

— Ela não tem um centavo neste mundo. Deveria ficar agradecida!

Lydia deu de ombros.

Simeon voltou-se para Alfred:

— Está vendo? Será um grande Natal! Todos os meus filhos ao meu redor. *Todos* os meus filhos! Aí, Alfred, aí está a pista. Agora adivinhe quem é a outra visita.

Alfred olhou-o fixamente.

— Todos os meus filhos! Adivinhe, garoto! *Harry*, é claro! Seu irmão Harry!

Alfred ficara muito pálido. Gaguejou:

— Harry... o Harry não...

— Ele mesmo!

— Mas pensávamos que estivesse morto!

— Ele não!

— O senhor... o senhor vai recebê-lo de volta aqui? Depois de tudo?

— O filho pródigo, ora! Você está certo. As boas-vindas! Precisamos preparar uma festança de boas-vindas, Alfred. Temos de recebê-lo muito bem.

— Ele o tratou... a todos nós... de modo vergonhoso. Ele...

— Não precisa enumerar seus crimes! A lista é longa. Mas o Natal, lembre-se, é a época do perdão! Daremos as boas-vindas ao filho pródigo.

Alfred levantou-se. Murmurou:

— Foi um choque... um choque e tanto. Jamais sonhei que Harry voltaria a estas quatro paredes.

Simeon inclinou-se para frente:

— Você jamais gostou de Harry, não é? — perguntou baixinho.

— Depois do que ele fez com o senhor...

Simeon gargalhou e disse:

— Ah, mas o que passou, passou. Este é o espírito de Natal, não é, Lydia?

Lydia tinha ficado muito pálida. Respondeu secamente:

— Percebo que o senhor pensou muito sobre o Natal deste ano.

— Quero minha família junto de mim. Paz e boa vontade. Estou velho. Vocês já vão, meus caros?

Alfred saiu apressadamente. Lydia esperou um pouco antes de segui-lo.

Simeon balançou a cabeça depois que ele deixou o lugar.

— Ficou perturbado. Ele e Harry nunca se deram bem. Harry costumava zombar de Alfred. Chamava-o de velho morrinha.

Os lábios de Lydia entreabriram-se. Ela estava prestes a falar, mas, ao ver a expressão ansiosa do velho, conteve-se. Seu autocontrole, ela percebeu, desapontou-o. A percepção desse fato permitiu-lhe que dissesse:

— A lebre e a tartaruga. Bem, a tartaruga vence a corrida.

— Nem sempre — disse Simeon. — Nem sempre, minha querida Lydia.

— Com licença — disse ela, ainda sorrindo —, preciso ver Alfred. Emoções súbitas sempre o perturbam.

Simeon gargalhou.

— Sei, Alfred não gosta de mudanças. Sempre foi muito certinho.

— Alfred é muito dedicado ao *senhor*.

— Isso lhe parece estranho, não é mesmo?

— Às vezes, sim — disse Lydia.

Ela saiu do quarto. Simeon olhou-a sair.

Deu uma risadinha e esfregou as mãos.

— Muito divertido! — disse ele. — Muito divertido! Vou gostar muito deste Natal.

Fez um esforço para se levantar e, com a ajuda da bengala, atravessou até o outro lado do quarto.

Dirigiu-se a um grande cofre que se encontrava num dos cantos. Girou a maçaneta, de acordo com o segredo. A porta se abriu e ele, com dedos trêmulos, tateou o que havia lá dentro.

Retirou um pequeno saco de couro mole, abriu-o e deixou que uma fileira de diamantes brutos caísse por entre seus dedos.

— Bem, minhas belezas, bem... Sempre os mesmos. Sempre meus velhos amigos. Bons tempos, aqueles... bons tempos... Ninguém vai lapidá-los, meus amigos. *Vocês* não ficarão pendurados nos pescoços das mulheres nem repousarão em seus dedos ou em suas orelhas. Vocês são *meus*! Meus velhos amigos! Temos alguns segredos, vocês e eu. Estou velho, dizem, e doente, mas ainda não estou acabado! Este velho cão ainda está cheio de vida. E ainda há prazer a retirar da vida. Ainda há prazer...

Segunda parte

23 de dezembro

I

Tressilian foi atender à porta. O toque havia sido estranhamente agressivo e agora, antes que ele conseguisse atravessar o saguão com seus passos lentos, a campainha soara de novo.

Tressilian ficou vermelho. Que maneira mal-educada, impaciente, de tocar a campainha na casa de um cavalheiro! Se fosse um daqueles grupos que saem de porta em porta a cantar cantigas de Natal, receberia uma boa descompostura.

Através do vidro da parte de cima da porta, embaçado de gelo, ele viu uma silhueta — um homem grande com um chapéu mole de aba larga. Abriu a porta. Como pensara — um estranho vulgar e espalhafatoso, usando um modelo horrível de terno, berrante! Algum pedinte abusado.

— Macacos me mordam se não é Tressilian — disse o estranho. — Como vai, Tressilian?

Tressilian arregalou os olhos, respirou fundo, arregalou os olhos de novo. Aquele queixo saliente e arrogante, o nariz aquilino, os olhos divertidos. Sim, tudo aquilo estivera ali vinte anos atrás. De modo mais moderado, então...

— Sr. Harry! — exclamou Tressilian.

Harry Lee riu.

— Até parece que preguei um susto e tanto. Por quê? Estou sendo esperado, não estou?

— Claro, é lógico, senhor. Certamente, senhor.

— Então, por que a surpresa?

Harry deu um ou dois passos para trás e levantou a cabeça para examinar a casa — uma excelente massa sólida de tijolos vermelhos. Sem imaginação, mas sólida.

— A mesma mansão, velha e feia como sempre — observou ele. — Porém ainda de pé, que é o que importa. Como está meu pai, Tressilian?

— Está um tanto inválido, senhor. Não sai de seu quarto e quase não consegue ficar em pé. Mas está maravilhosamente bem, levando-se tudo isso em consideração.

— O velho safado!

Harry Lee entrou, permitiu que Tressilian lhe tirasse o cachecol e seu chapéu um tanto teatral.

— Como está meu querido irmão Alfred, Tressilian?

— Está muito bem, senhor.

Harry sorriu.

— Ansioso por me ver, hein?

— Imagino que sim, senhor.

— Pois eu não! Muito pelo contrário. Aposto que minha volta o faz passar por maus momentos! Alfred e eu nunca nos demos bem. Costuma ler a Bíblia, Tressilian?

— Ora, sim, senhor, às vezes.

— Lembra-se da história da volta do filho pródigo? O bom irmão não gostou, lembra-se? Não gostou mesmo! Aposto como o bom e pacato Alfred também não está gostando nadinha.

Tressilian permaneceu calado, os olhos voltados para baixo. Suas costas retesadas expressavam protesto. Harry bateu-lhe no ombro.

— Vamos, velhinho — disse ele. — As recepções me agradam! Vamos a elas.

Tressilian murmurou:

— Acompanhe-me até a sala de estar, senhor. Não sei bem onde se encontram todos... Não mandaram ninguém ir esperá-lo, senhor, por não saberem a hora de sua chegada.

Harry assentiu com um gesto. Seguiu Tressilian pelo saguão e virava a cabeça para olhar ao seu redor.

— Todos os velhos enfeites em seus lugares, estou vendo — observou ele. — Não acredito que as coisas tenham mudado muito desde que me fui, há vinte anos.

Acompanhou Tressilian até a sala de estar. O velho murmurou:

— Vou ver se consigo encontrar o sr. ou a sra. Alfred — e saiu apressadamente.

Harry Lee entrara na sala e depois parara, de olhos fixos na figura sentada em um dos peitoris da janela. Seus olhos vagavam incrédulos pelos cabelos negros e por aquela palidez exótica e suave.

— Santo Deus! — disse ele. — Você é a sétima e a mais bela das esposas de meu pai?

Pilar desceu do peitoril e aproximou-se dele.

— Sou Pilar Estravados — anunciou. — E o senhor deve ser meu tio Harry, irmão de minha mãe.

Harry falou, de olhos arregalados:

— Então é isso! Você é a filha de Jenny.

— Por que o senhor me perguntou se eu era a sétima esposa de seu pai? Ele teve mesmo seis mulheres?

Harry deu uma risada.

— Não, acredito que, oficialmente, só tenha tido uma. Bem, Pil... como é mesmo o seu nome?

— Pilar.

— Bem, Pilar, a verdade é que levei um grande susto ao ver alguém como você florescendo este mausoléu.

— Este mau... o quê?

— Este museu de bonecos empalhados! Sempre achei esta casa detestável! Agora que a vejo de novo, acho-a mais detestável que nunca!

— Oh, não, é muito agradável! — exclamou Pilar, chocada. — A mobília é boa e os tapetes... tapetes espessos em todos os lugares... e um monte de enfeites. Tudo é de boa qualidade e muito, muito caro!

— Nisso você tem razão — disse Harry, sorrindo. Olhou para ela com ar empolgado. — Sabe, é difícil não me divertir vendo você no meio...

Interrompeu a frase quando Lydia entrou rapidamente na sala. Ela dirigiu-se diretamente para ele.

— Muito prazer, Harry. Sou Lydia. A mulher de Alfred.

— Prazer, Lydia. — Apertaram as mãos e ele examinou seu rosto ágil e inteligente, com uma olhadela rápida, aprovando mentalmente o modo como Lydia andava, muito poucas mulheres caminhavam com tanta categoria.

Lydia, por sua vez, analisou-o rapidamente.

Pensou: "Parece ser bem grosseiro, mas é atraente. Não confiaria nele por nada..."

— O que achou, depois de tantos anos? — perguntou ela, sorrindo. — Muito diferente, ou tudo igual?

— Quase a mesma coisa. — Olhou ao redor de si. — Esta sala foi modificada.

— Oh, inúmeras vezes.

— Por você, quero dizer. Você deixou-a... diferente.

— Sim, espero que sim...

Ele sorriu para ela, um sorriso súbito e malicioso que a fez lembrar-se, com um sobressalto, do velho no andar de cima.

— Agora tem mais classe! Lembro-me de ter ouvido dizer que o velho Alfred havia se casado com uma moça cuja família chegara com o Conquistador[1].

Lydia sorriu e falou:

— Acredito que sim. Mas, desde aquela época, todos eles já viraram pó.

— Como vai o velho Alfred? Sempre o mesmo velho retrógrado?

— Não faço a menor idéia se você vai achá-lo mudado ou não.

— E como vão os outros? Espalhados por toda a Inglaterra?

— Não. Estarão todos aqui para o Natal, você não sabia?

Os olhos de Harry se arregalaram.

---

[1]Guilherme, o Conquistador, rei dos franco-normandos, que conquistou os anglo-saxões em 1066. (N.T.)

— Reunião familiar de Natal? O que está havendo com o velho? Antigamente não ligava a mínima para os sentimentos. E nem me lembro de ele se preocupar muito com a família. Deve ter mudado!

— Talvez. — A voz de Lydia foi seca.

Pilar olhava com seus grandes olhos bem abertos e interessados.

— E como vai o George? — perguntou Harry. — Ainda unha-de-fome? Como se lamentava quando tinha de se desfazer de um centavo de sua mesada!

— George está no Parlamento — disse Lydia. — É membro representante de Westeringham.

— O quê? Popeye no Parlamento? Ora, essa é boa.

Harry jogou a cabeça para trás e deu uma gargalhada.

Foi uma gargalhada muito forte, soou brutal e descontrolada no espaço confinado da sala. Pilar respirou fundo, prendendo um pouco o ar. Lydia encolheu-se ligeiramente.

Depois, ao som de um movimento atrás de si, Harry interrompeu e voltou-se abruptamente. Não ouvira ninguém entrar, mas Alfred estava ali de pé, calado. Olhava Harry com uma expressão estranha no rosto.

Harry ficou parado por um minuto, depois um breve sorriso escorregou em seus lábios. Avançou um passo.

— Ora — disse ele —, é Alfred!

Alfred assentiu com a cabeça.

— Olá, Harry — disse.

Ficaram olhando um para o outro. Lydia prendeu a respiração. Pensou: “Que absurdo! Como dois cães — olhando um para o outro...”

Os olhos de Pilar arregalaram-se ainda mais. Pensou consigo mesma: “Parecem dois idiotas... Por que não se abraçam? Não, claro que os ingleses não fazem isso. Mas deveriam *dizer* alguma coisa. Por que apenas se *olham*?”

Finalmente, Harry falou:

— Ora, ora! É engraçado estar aqui de novo!

— Imagino que sim. Faz muitos anos desde que você... foi embora.

Harry jogou a cabeça para trás. Passou um dedo pelo maxilar. Era um gesto habitual nele. Expressava beligerância.

— É — disse ele. — Estou contente por estar — fez uma pausa para dar maior ênfase à palavra — em *casa*...

II

— Eu tenho sido, imagino, um homem muito mau — disse Simeon Lee.

Estava recostado em sua cadeira. De queixo levantado, acariciava com um dedo a mandíbula, pensativo. Diante dele, o fogo alto brilhava e dançava. Ao lado do fogo, estava Pilar, sentada, com uma pequena tela de *papier-mâché* entre as mãos. Com ela, protegia o rosto das chamas. Ocasionalmente, usava-a para abanar-se, fazendo com o pulso um gesto dócil. Simeon olhava-a com satisfação.

Continuou a falar, talvez mais consigo mesmo do que com a moça, e estimulado por sua presença.

— Sim — disse ele. — Tenho sido um homem mau. O que me diz disso, Pilar?

Pilar deu de ombros. Disse:

— Todos os homens são maus. É o que dizem as freiras. Por isso é que devemos rezar por eles.

— Ah, mas eu tenho sido pior que a maioria. — Simeon Lee deu uma risada. — E não me arrependo, sabe. Não, não me arrependo de nada. Eu aproveitei a vida... todos os minutos! Dizem que a gente se arrepende quando fica velho. Conversa fiada. Eu não me arrependo. E, como lhe disse, fiz de tudo... todo tipo de pecado, do bom e do melhor! Trapaceei, roubei, menti... Deus, e como! E mulheres. Sempre mulheres! Alguém me falou, um dia desses, de um chefe árabe que tinha um corpo de guarda composto por quarenta filhos seus, todos aproximadamente da mesma idade! Aha! Quarenta! Não sei se quarenta, mas aposto que eu poderia formar um excelente corpo de guarda se saísse por aí procurando meus rebentos! Ei, Pilar, o que acha disso? Chocada?

Pilar olhou-o fixamente.

— Não, por que haveria de estar chocada? Os homens sempre desejam as mulheres. Meu pai também. É por isso que as esposas são geralmente infelizes e vão para a igreja rezar.

O velho Simeon franzia a testa.

— Eu fiz Adelaide infeliz — disse ele. Falava quase num sussurro, para si mesmo. — Deus, que mulher! Rosada, branca e bela, como as mulheres sempre são no dia do casamento! E depois? Sempre se lamentando e chorando. O homem vira um diabo quando sua mulher está sempre chorando... Ela não tinha fibra, esse era o problema de Adelaide. Se tivesse me enfrentado! Mas nunca o fez. Nem uma única vez. Quando me casei, acreditava que seria capaz de me acomodar e criar uma família... afastar-me daquela vida...

Sua voz apagou-se. Olhava fixamente, fixamente para o cerne brilhante do fogo.

— Criar uma família... Deus, que família! — Soltou um grito esganiçado e súbito, uma gargalhada feroz. — Veja só! Olhe só para eles! Nenhum teve um filho sequer para dar continuidade! O que há com eles? Não têm sangue meu em suas veias? Nenhum filho deles, legítimo ou ilegítimo. Alfred, por exemplo... oh, céus, como Alfred me aborrece! Olhando-me com aqueles olhos de cão. Sempre pronto para fazer o que eu mandar. Meu Deus, que idiota! A mulher dele, bem... Lydia... eu gosto de Lydia. Ela tem brio. Mas não gosta de mim. Não, não gosta mesmo. No entanto, tem de me aturar por causa do paspalhão do Alfred. — Olhou para a moça ao lado do fogo. — Pilar, lembre-se, não existe nada mais chato do que a dedicação.

Ela sorriu. Ele prosseguiu, alentado pela juventude da moça e por sua forte feminilidade.

— E o George? O que ele é? Um chato! Um bacalhau empalhado! Um falastrão pretensioso, sem cérebro nem estômago. E sovina como o diabo! E o David? Esse sempre foi um tolo, um tolo e um sonhador. O preferido da mãe, isso é o que ele sempre foi. A única coisa sensata que fez foi casar-se com aquela mulher, segura e agradável. — Deixou cair a mão, dando uma pancada na beirada da cadeira. — Harry é o melhor deles! Pobre Harry, o errado! Mas, de qualquer maneira, ele tem *vida*!

Pilar concordou.

— É, ele é simpático. Ele ri. Ri muito alto... e joga a cabeça para trás. Ah, dele eu gosto, e muito.

O velho olhou-a.

— Você gosta, não é, Pilar? Harry sempre teve jeito com as moças. Nisso puxou a mim. — Começou a rir, uma risada lenta e resfolegante. — Levei uma vida boa, uma vida muito boa. Plena de tudo.

Pilar falou:

— Na Espanha, temos um provérbio que diz: "Escolha o que preferir e pague por isso, diz Deus."

Simeon bateu com a mão no braço da poltrona, num gesto de aprovação.

— Esse é bom. É exatamente isso. Escolha o que preferir... Foi o que fiz, toda a minha vida, escolhi o que preferi...

Pilar perguntou, em voz alta e clara, e subitamente emocionada:

— E o senhor pagou por tudo?

Simeon parou de rir para si mesmo. Ajeitou-se na cadeira e olhou-a fixamente.

— O que foi que você disse?

— Perguntei: e o senhor pagou por tudo, vovô?

— Eu... não sei... — respondeu Simeon Lee, lentamente.

Depois, golpeando o braço da cadeira com o punho cerrado, gritou com raiva súbita:

— O que a fez perguntar isso, menina? O que a fez perguntar isso?

— Eu só... fiquei curiosa — replicou Pilar.

Sua mão, segurando a tela, paralisou-se. Os olhos ficaram escuros e misteriosos. Estava sentada, a cabeça jogada para trás, consciente de si, de sua condição de mulher.

— Filha de um cão... — disse Simeon Lee.

— Mas o senhor gosta de mim, vovô — retrucou ela, calmamente. — Gosta que eu esteja aqui com o senhor.

— Gosto, gosto sim — concordou Simeon. — Há muitos anos não vejo uma pessoa tão jovem e bonita... Isso me faz bem, aquece meus ossos velhos... E você tem o meu sangue nas veias... Que bom para Jennifer, ela acabou sendo a melhor dentre todos, no final das contas!

Pilar, sentada, sorria.

— Mas preste atenção, você não me engana — disse Simeon. — Eu sei por que fica aí sentada pacientemente, ouvindo a minha lengalenga. Por dinheiro. Tudo por dinheiro... Ou vai querer fingir que ama seu avô?

— Não, eu não amo o senhor — respondeu Pilar. — Mas gosto do senhor. Gosto muito. É preciso que o senhor acredite, pois é verdade. Acho que o senhor foi mau, mas gosto disso também. É mais real que as outras pessoas desta casa. E tem coisas interessantes para contar. Viajou e viveu uma vida de aventuras. Se eu fosse homem, seria assim também.

Simeon assentiu com a cabeça.

— Acredito que seria, sim... Temos sangue cigano dentro de nós, sempre disseram isso. Não apareceu muito em meus filhos, exceto Harry, mas acho que apareceu em você. Veja bem, eu sei ser paciente, quando necessário. Certa vez, esperei 15 anos para ajustar contas com um homem que havia me prejudicado. Esta é uma outra característica dos Lee: eles não esquecem! Mesmo que tenham de esperar anos e anos, se vingarão de uma desfeita. Um homem me trapaceou. Esperei 15 anos até surgir uma chance, e então dei o golpe. Arruinei-o. Limpei-o totalmente!

Soltou uma risada baixinha.

— Isso foi na África do Sul? — perguntou Pilar.

— Foi. Um grande país.

— O senhor voltou lá, não?

— Voltei lá cinco anos depois de casado. Foi a última vez.

— E antes disso? Viveu lá muitos anos?

— Vivi.

— Fale-me sobre essa época.

Ele começou a falar. Pilar, protegendo o rosto, ouvia.

Simeon começou devagar, com a voz cansada:

— Espere, vou mostrar-lhe uma coisa.

Pôs-se cuidadosamente de pé. Depois, com a ajuda da bengala, arrastou-se até o outro lado do quarto. Abriu o grande cofre. Virou-se e chamou-a para junto de si.

— Veja, olhe isso, sinta-os, deixe que escorreguem entre seus dedos.

Examinou o rosto espantado da moça e riu.

— Sabe o que é isso? Diamantes, filha, diamantes.

Os olhos de Pilar se arregalaram. Enquanto olhava, falou:

— Mas não passam de pedrinhas à-toa, só isso.

Simeon deu uma gargalhada.

— São diamantes brutos. É assim que são encontrados. Assim mesmo.

— E se fossem lapidados, seriam diamantes verdadeiros? — perguntou Pilar, incrédula.

— Certamente.

— Iriam cintilar e brilhar?

— Cintilar e brilhar.

— Nossa, não consigo acreditar! — disse Pilar infantilmente.

Ele estava satisfeito.

— Mas é verdade.

— Eles são valiosos?

— Muito valiosos. É difícil dizer quão valiosos, antes de lapidá-los. Mesmo assim, esta pequena porção vale alguns milhares de libras.

— Alguns... milhares... de... libras? — disse Pilar, parando a cada palavra.

— Talvez nove ou dez mil... são pedras um tanto grandinhas, como você pode ver.

— Mas por que o senhor não as vende, então? — perguntou Pilar, arregalando os olhos.

— Porque gosto de tê-las comigo.

— Mas e esse dinheirão?

— Não preciso de dinheiro.

— Oh, entendo — Pilar estava impressionada. Depois acrescentou: — Mas por que não manda lapidá-los para que fiquem bonitos?

— Porque prefiro-os assim.

Seu rosto assumiu um ar triste. Ele se afastou e começou a falar consigo mesmo: "Eles me levam de volta... senti-los nas mãos, passando entre meus dedos... Tudo me volta à mente, o sol, o perfume da savana, os bois... o velho Eb... todos os rapazes, as noites..."

Ouviu-se uma leve batida na porta.

— Ponha-os de volta no cofre e feche a porta — disse Simeon. Depois falou: — Pode entrar.

Horbury apareceu, silencioso e formal.

— O chá está servido lá embaixo.

III

— Enfim encontrei-o, David — disse Hilda. — Procurei-o por toda parte. Vamos sair deste quarto, está um frio horroroso.

David levou um minuto para responder. Estava de pé olhando para uma cadeira, uma cadeira baixa com estofamento de cetim desbotado. Falou abruptamente:

— A cadeira dela... a cadeira onde ela sempre se sentava... igualzinha... igualzinha. Apenas desbotada, é claro.

Uma pequenina ruga marcou a testa de Hilda, que disse:

— Sei. Agora vamos sair daqui, David. Está frio demais.

David não escutou. Olhou ao redor e disse:

— Ela se sentava aqui a maior parte do tempo. Lembro-me de sentar naquele banquinho enquanto ela lia para mim. *Jack, o gigante assassino*. Eu devia ter uns seis anos.

Hilda deu-lhe o braço com firmeza.

— Vamos voltar para a sala de estar, querido. Este quarto não tem aquecimento.

Ele seguiu-a, obediente, mas Hilda sentiu um arrepio atravessar o corpo do marido.

— Tudo igual — murmurou David. — Tudo igual. Como se o tempo tivesse parado.

Hilda ficou preocupada. Falou com voz animada e cheia de determinação:

— Onde estarão os outros? Deve estar quase na hora do chá.

David soltou o braço e abriu outra porta.

— Havia um piano aqui... Ah, sim, lá está ele! Vejamos se está afinado.

Sentou-se e levantou a tampa, passando os dedos de leve sobre o teclado.

— Sim, é evidente que o mantiveram afinado.

Começou a tocar. Tocava bem, a melodia fluía sob seus dedos.

— O que é isso? — perguntou Hilda. — Parece que conheço, mas não consigo me lembrar.

— Há anos que não toco isso. *Ela* costumava tocar. É uma das *Canções sem palavras* de Mendelssohn.

A melodia doce, mais do que doce, enchia o quarto.

— Toque um pouco de Mozart, por favor — pediu Hilda.

David ignorou e começou a tocar outra música de Mendelssohn.

Depois, de repente, golpeou o teclado, emitindo um acorde desafinado. Levantou-se. Estava todo trêmulo. Hilda aproximou-se dele.

— David, David...

— Não é nada, não é nada...

IV

A campainha soou agressiva. Tressilian levantou-se de sua cadeira na copa e encaminhou-se lentamente até a porta.

A campainha soou de novo. Tressilian franziu a testa. Através do vidro embaçado da porta viu a silhueta de um homem com um chapéu mole de aba larga.

Tressilian passou a mão pela testa. Algo o preocupou. Sentiu como se tudo estivesse acontecendo pela segunda vez.

Sem dúvida isso acontecera antes. Sem dúvida...

Puxou o trinco e abriu a porta.

Então o encanto se quebrou. O homem falou:

— É aqui que mora o sr. Simeon Lee?

— Sim, senhor.

— Gostaria de vê-lo, por favor.

Um breve eco de memória despertou em Tressilian. Era uma entonação de voz que o fez lembrar-se dos velhos tempos, quando o sr. Lee esteve pela primeira vez na Inglaterra.

Tressilian balançou a cabeça, em sinal de dúvida.

— O sr. Lee está inválido, senhor. Ele não recebe muitas pessoas. Se o senhor...

O estranho interrompeu-o.

Retirou um envelope e entregou-o ao mordomo.

— Por favor, entregue ao sr. Lee.

— Sim, senhor.

V

Simeon Lee pegou o envelope. Retirou de dentro a única folha de papel que continha. Mostrou-se surpreso. Suas sobrancelhas levantaram-se, mas ele riu.

— Ora, que maravilha! — exclamou. Depois, com o mordomo: — Traga o sr. Farr até aqui, Tressilian.

— Sim, senhor.

— Agora mesmo eu estava pensando no velho Ebenezer Farr — disse Simeon. — Foi meu sócio em Kimberley. Agora o filho dele aparece!

Tressilian voltou. Anunciou:

— O sr. Farr.

Stephen Farr entrou, ligeiramente nervoso. Disfarçou o nervosismo assumindo uma descontração um pouco exagerada. Ele falou — e apenas naquele momento seu sotaque sul-africano foi mais acentuado que o normal:

— Sr. Lee?

— Estou feliz em vê-lo. Então você é o filho de Eb?

Stephen Farr sorriu um tanto encabulado.

— Minha primeira visita ao velho país. Papai sempre me recomendou que o procurasse, caso eu viesse para cá.

— Muito bem. — O velho olhou ao redor. — Esta é minha neta, Pilar Estravados.

— Muito prazer — disse Pilar, reservadamente.

Stephen Farr pensou, com um quê de admiração: "Que diabinha! Ficou surpresa ao me ver, mas só o demonstrou num átimo de segundo."

— O prazer é todo meu em conhecê-la, srta. Estravados — disse ele pesadamente.

— Obrigada.

— Sente-se e conte-me tudo a seu respeito — disse Simeon Lee. — Vai demorar-se na Inglaterra?

— Oh, não tenho muita pressa, agora que estou aqui!

Ele riu, jogando a cabeça para trás.

— Ótimo — disse Simeon Lee. — Vai ficar um tempo aqui conosco.

— Oh, não é preciso, senhor. Não posso intrometer-me assim. Faltam apenas dois dias para o Natal.

— Você vai passar o Natal conosco... a não ser que tenha outros planos.

— Bem, não, não tenho, mas não gostaria...

— Está combinado — disse Simeon. Virou a cabeça: — Pilar?

— Sim, vovô.

— Desça e diga a Lydia que temos mais um convidado. Peça-lhe que venha até aqui.

Pilar saiu do quarto. Stephen seguiu-a com os olhos. Simeon percebeu o fato, que o divertiu.

— Você está chegando diretamente da África do Sul?

— Exato.

Começaram a falar daquele país.

Lydia entrou minutos depois.

— Este é Stephen Farr — disse Simeon —, filho de meu velho amigo e sócio Ebenezer Farr. Vai passar o Natal conosco, se você arrumar um quarto para ele.

Lydia sorriu.

— É claro.

Seus olhos fixaram-se na aparência do estranho. O rosto bronzeado, os olhos azuis e o gesto de jogar a cabeça para trás.

— Minha nora — disse Simeon.

Stephen falou:

— Fico constrangido... de me intrometer assim numa festa familiar.

— Você faz parte da família, meu rapaz — disse Simeon. — Sinta-se à vontade.

— Muita bondade sua, senhor.

Pilar voltou até o quarto. Sentou-se silenciosamente ao lado do fogo e pegou a tela de mão. Usava-a como leque, movendo o pulso ligeiramente para frente e para trás. Seus olhos recatados fitavam o chão.

Terceira parte
24 de dezembro

I

— O senhor quer mesmo que eu fique por aqui, papai? — Harry perguntou, inclinando a cabeça para trás. — Estou causando um rebuliço e tanto, o senhor sabe.

— O que quer dizer com isso? — perguntou Simeon abruptamente.

— Alfred, meu irmão — disse Harry. — Meu bom irmão Alfred! Se não me engano, ele se ressente de minha presença aqui.

— Ao diabo com ele! — retrucou Simeon. — Eu sou o dono desta casa.

— Mesmo assim, pai, suponho que o senhor dependa um bocado dele. Eu não gostaria de perturbar...

— Você vai fazer o que eu mandar — disse o pai.

Harry bocejou.

— Não sei se vou conseguir levar uma vida caseira assim. É muito sufocante para um sujeito que já correu meio mundo.

— Você deveria casar-se e se acomodar.

— Casar-me com quem? É uma pena a gente não poder se casar com a própria sobrinha. Pilar é linda de morrer!

— Você notou?

— Por falar em se acomodar, o gordo do George está bem servido, pelo menos em termos de aparência. Quem era ela?

Simeon deu de ombros.

— Como vou saber? George conheceu-a num desfile de modas, creio eu. Diz ela que o pai é oficial reformado da Marinha.

— Provavelmente um suboficial de navio costeiro — disse Harry. — George vai ter problemas com ela se não tomar cuidado.

— George é um tolo — disse Simeon Lee.

— Por que ela se casou com ele? Por dinheiro?

Simeon deu de ombros.

— Bem, o senhor acha que vai poder enquadrar Alfred direitinho? — perguntou Harry.

— Logo resolveremos isso — respondeu Simeon Lee, carrancudo.

Tocou um sininho que ficava numa mesa perto dele.

Horbury apareceu prontamente. Simeon falou:

— Peça ao sr. Alfred para vir aqui.

Horbury saiu e Harry falou arrastadamente:

— Este sujeito fica de ouvido colado nas portas!

— Provavelmente.

Alfred entrou apressadamente. Seu rosto transformou-se ao ver o irmão. Ignorando Harry, falou com decisão:

— O senhor me chamou, papai?

— Chamei, sente-se. Estive pensando que devemos reorganizar algumas coisas, agora que temos mais duas pessoas vivendo nesta casa.

— *Duas*?

— Pilar vai morar conosco, naturalmente. E Harry voltou para ficar.

— Harry vai morar aqui? — perguntou Alfred.

— Por que não, meu velho? — disse Harry.

Alfred virou-se subitamente para o irmão.

— Suponho que você mesmo saiba responder a esta pergunta!

— Bem, desculpe... mas não sei.

— Depois de tudo que aconteceu? Da maneira desonrosa como você se comportou? O escândalo...

Harry acenou a mão displicentemente.

— Tudo isso pertence ao passado, meu velho.

— Você se comportou de maneira abominável em relação a papai, depois de tudo que ele fez por você.

— Escute aqui, Alfred, tudo isso me parece assunto de papai, e não seu. Se ele está disposto a perdoar e esquecer...

— Estou disposto — interrompeu Simeon. — Harry é meu filho, afinal de contas... você sabe, Alfred.

— Sim, mas... eu fico sentido... pelo próprio papai.

— Harry ficará aqui! — decidiu Simeon. — É o que desejo. — Colocou a mão delicadamente sobre o ombro do filho. — Gosto muito dele.

Alfred levantou-se e saiu do quarto. Estava lívido. Harry levantou-se também e seguiu-o, rindo.

Simeon ria para si mesmo. Depois assustou-se e olhou ao redor.

— Que diabo é isso? Ah, é você, Horbury. Não se esgueire por aí dessa maneira.

— Desculpe-me, senhor.

— Não importa. Escute, tenho uma tarefa para você. Quero que todos subam até aqui depois do almoço... *todos*.

— Sim, senhor.

— Mais uma coisa: quando eles vierem, venha você também. E quando estiver pelo meio do corredor, *eleve a voz para que eu possa ouvir*. Sob qualquer pretexto. Entendeu bem?

— Sim, senhor.

Horbury desceu e disse a Tressilian:

— Se quiser minha opinião, nós vamos *ter* um Feliz Natal.

— O que quer dizer? — perguntou Tressilian abruptamente.

— Espere e verá, sr. Tressilian. Hoje é véspera de Natal, e o espírito de Natal está em toda a parte... Não sei, não.

II

Entraram no quarto e pararam junto à porta.

Simeon falava ao telefone. Acenou a mão para eles.

— Sentem-se todos. Não vou demorar.

Continuou a falar ao telefone.

— É da Charlton, Hodgkins & Bruce? É você, Charlton? Aqui é Simeon Lee. É mesmo... Sei... Não, quero que você me faça um novo testamento. É, já tem algum tempo que fiz o outro... As circunstâncias mudaram... Oh, não, não há pressa. Não quero estragar seu Natal. Dois ou três dias depois do Natal. Venha até aqui e direi exatamente o que quero. Não, está bem assim. Não vou morrer por enquanto.

Desligou o telefone e olhou para os oito membros de sua família. Deu uma risadinha e falou:

— Vocês parecem muito tristes. O que está havendo?

— O senhor nos chamou... — disse Alfred.

— Ah, desculpem — disse Simeon rapidamente —, nada de muito importante. Vocês pensaram que era um conselho de família? Não, é que estou um pouco cansado hoje, só isso. Nenhum de vocês precisa subir depois do jantar. Vou me deitar logo. Quero estar em forma no dia de Natal.

Sorriu para eles. George falou com convicção.

— É claro... é claro...

— Grande instituição o Natal — disse Simeon. — Desperta a solidariedade dos sentimentos familiares. O que *você* acha, Magdalene, querida?

Magdalene Lee deu um salto. Sua boquinha tola abriu-se e fechou. Disse:

— Oh... oh, *sim*!

— Vejamos — prosseguiu Simeon —, você viveu com um oficial da Marinha aposentado — fez uma pausa —, seu *pai*. Não creio que festejassem muito o Natal. É preciso uma família grande para isso!

— Bem... bem... sim, talvez.

Os olhos de Simeon desviaram-se dela.

— Não quero falar sobre coisas desagradáveis nesta época do ano, mas você sabe, George, receio ter de diminuir um pouco sua mesada. Esta casa irá dar-me mais algumas despesas daqui por diante.

George ficou muito vermelho.

— Mas escute, papai, o senhor não pode fazer isso!

— Oh, não posso! — disse Simeon, baixinho.

— Minhas despesas já são muito elevadas. Muito elevadas. Como está, não sei de que modo equilibrar o orçamento. É preciso uma economia muito rigorosa.

— Deixe que sua mulher cuide um pouco disso — retrucou Simeon. — As mulheres são boas nesse tipo de coisa. Geralmente se lembram de economizar em detalhes que um homem jamais imaginaria. E uma mulher inteligente pode fazer suas próprias roupas. Minha mulher, lembro-me, era hábil com a agulha. Mas também *se esgotava* aí sua habilidade... uma boa mulher, mas de uma monotonia mortal...

David deu um pulo. O pai lhe falou:

— Sente-se, rapaz, vai acabar derrubando alguma coisa...

— Minha mãe — disse David.

— Sua mãe tinha um cérebro de amendoim! E tenho a impressão de que o transmitiu aos filhos.

Levantou-se subitamente. Nas duas faces surgiram manchas vermelhas. Sua voz tornou-se alta e estridente.

— Vocês não valem um centavo, nenhum de vocês! Estou farto de vocês todos! Vocês não são *homens*! São uns covardes... um bando de covardes fracotes. Pilar vale por dois de vocês juntos! Eu vou rezar para que eu tenha tido um filho melhor do que qualquer um de vocês em algum lugar do mundo, mesmo sendo vocês meus filhos legítimos!

— Escute aqui, papai, vá devagar — gritou Harry.

Ficara de pé com um salto, com uma ruga no rosto normalmente bem-humorado. Simeon respondeu:

— O mesmo vale para *você*! O que foi que *você* fez? Chorava atrás de dinheiro, de todos os cantos do mundo! Confesso que estou cheio de vocês! Saiam!

Recostou-se na cadeira, ligeiramente ofegante.

Lentamente, um a um, os membros da família saíram. George estava vermelho e indignado. Magdalene parecia apavorada. David estava pálido e trêmulo. Harry saiu enfurecido. Alfred afastou-se como se estivesse num sonho. Lydia seguiu-o, de cabeça erguida. Apenas Hilda parou na porta e voltou devagar.

Ficou de pé junto a ele, que se assustou ao abrir os olhos e encontrá-la ali. Havia algo de ameaçador em sua postura sólida, totalmente imóvel.

— O que foi? — perguntou ele, irritado.

— Quando recebemos sua carta — disse Hilda —, pensei que o senhor tivesse dito... que queria a família reunida para o Natal. E convenci David a vir.

— Muito bem, e daí?

— O senhor *realmente* queria a família reunida — prosseguiu Hilda, lentamente —, mas não com o objetivo que descreveu! Queria-os aqui, não é? Para lhes dizer desaforos! Que Deus o perdoe, é esta sua concepção de *divertimento*!

Simeon riu.

— Sempre tive um senso de humor próprio. Não espero que ninguém tenha gostado da piada. *Eu* estou gostando!

Ela não disse nada. Um vago sentimento de apreensão tomou conta de Simeon Lee.

— Em que está pensando? — perguntou ele bruscamente.

— Tenho medo... — disse Hilda Lee, lentamente.

— Medo... de mim?

— Não *do* senhor... *pelo* senhor!

Como um juiz que profere a sentença, ela virou-se de costas. Marchou, lenta e pesadamente, para fora do quarto...

Simeon permaneceu sentado, de olhos fixos na porta.

Depois, pôs-se de pé e caminhou até o cofre. Murmurou:

— Vamos dar uma olhada nas minhas belezas.

III

A campainha tocou às 19h45.

Tressilian foi atender. Voltou para a copa, onde encontrou Horbury pegando as xícaras de café na bandeja e examinando a marca.

— Quem era? — retrucou Horbury.

— O superintendente de polícia, sr. Sugden... cuidado.

Horbury deixara cair uma xícara.

— Que coisa — lamentou-se Tressilian. — Há 11 anos que lavo essas xícaras e nunca quebrei nenhuma. Agora vem você pegar em coisas que não são de sua conta e veja o que acontece!

— Desculpe, sr. Tressilian. Sinto muito. — Seu rosto estava coberto de suor. — Não sei o que aconteceu. O senhor disse que era um superintendente de polícia?

— Sim, o sr. Sugden.

O criado passou a língua sobre os lábios empalidecidos.

— O que... o que ele queria?

— Ajuda para o orfanato da polícia.

— Ah! — O criado empertigou os ombros. Com voz mais natural, falou: — E conseguiu alguma coisa?

— Levei o livro ao sr. Lee e ele me pediu que chamasse o superintendente e deixasse o xerez em cima da mesa.

— Nesta época do ano, só aparecem pedidos — disse Horbury. — O velho é generoso, reconheço, apesar dos defeitos.

Tressilian retrucou com dignidade:

— O sr. Lee sempre foi um cavalheiro generoso.

Horbury concordou, com um gesto da cabeça.

— É o que há de melhor nele! Bem, vou sair.

— Vai ao cinema?

— Acho que sim. Até logo, sr. Tressilian.

Cruzou a porta que levava ao saguão dos empregados.

Tressilian olhou para o relógio pendurado na parede.

Foi até a sala de jantar e colocou os pãezinhos sobre os guardanapos.

Depois, certificando-se de que tudo estava em ordem, fez soar o gongo no saguão.

Ao soar a última nota, o superintendente de polícia desceu as escadas. O superintendente Sugden era um homem grande e atraente. Vestia um terno azul justo e caminhava consciente da própria importância.

— Suponho que teremos uma geada hoje à noite — disse afavelmente. — Isso é bom: o tempo tem andado meio esquisito ultimamente.

Tressilian respondeu, balançando a cabeça:

— A umidade afeta meu reumatismo.

O superintendente comentou que o reumatismo era uma doença dolorosa e Tressilian levou-o até a porta da frente.

O velho mordomo trancou a porta e voltou devagar até o saguão. Passou a mão sobre os olhos e soltou um suspiro. Empertigou-se ao ver Lydia entrar na sala de estar. George Lee descia as escadas.

Tressilian permaneceu de prontidão. Quando a última hóspede, Magdalene, chegou à sala de estar, ele mesmo entrou, murmurando.

— O jantar está servido.

À sua moda, Tressilian era um conhecedor de roupas femininas. Sempre observava e criticava os vestidos das senhoras ao caminhar ao redor da mesa com uma garrafa nas mãos.

A sra. Alfred, notou ele, usava seu novo vestido florido, de tafetá preto e branco. Uma estamparia ousada, muito vistosa, que, embora não servisse para muitas mulheres, caía-lhe muito bem. O vestido da sra. George era um modelo exclusivo, tinha certeza disso. Devia ter custado muito dinheiro. Imaginou qual teria sido a reação do sr. George ao pagá-lo! O sr. George não gostava de gastar dinheiro, jamais gostara. Quanto à sra. David: uma senhora simpática, mas não sabia vestir-se. Para o seu tipo, veludo preto liso seria o mais adequado. Veludo estampado, e vermelho vivo, era uma péssima escolha. A srta. Pilar, bem, não importava o que vestisse. Com seu tipo e seus cabelos, qualquer coisa lhe caía bem. Mas usava um vestidinho branco, simples e barato. Bem, o sr. Lee logo cuidaria disso! Ficara encantado com ela, e como! Sempre acontecia isso com cavalheiros idosos. Um rosto jovem conseguia qualquer coisa deles!

— Vinho branco do Reno, ou tinto de Bordéus? — murmurou Tressilian em tom formal ao ouvido da sra. George. Com um olhar de soslaio, notou que Walter, o lacaio, novamente servia os legumes antes do molho, depois de tudo que lhe recomendara!

Tressilian serviu o suflê. Percebeu com surpresa, agora que seu interesse pelos trajes das senhoras e sua apreensão pelas deficiências de Walter eram coisas do passado, que todos estavam muito calados. Bem, não exatamente *calados*: o sr. Harry falava por vinte, não, não o sr. Harry, o cavalheiro sul-africano. E os outros conversavam também, mas em espasmos. Havia neles algo um tanto... esquisito.

O sr. Alfred, por exemplo, parecia doente de verdade. Como se tivesse levado um choque, ou algo no gênero. Muito absorto, mexia a comida no prato, sem comê-la. A patroa estava tão preocupada com ele que Tressilian percebeu. Olhava-o do outro lado da mesa, não ostensivamente, é claro, mas de modo discreto. O sr. George tinha o rosto muito vermelho, engolia a comida, por assim dizer, sem saboreá-la. Se não se cuidasse, sofreria um derrame qualquer dia desses. A sra. George não comia. Como se estivesse fazendo regime. A srta. Pilar parecia estar apreciando a comida, sim, conversando e rindo com o cavalheiro sul-africano. Ele estava caidinho por ela. Parecia que *nada* os preocupava!

O sr. David? Tressilian preocupava-se com o sr. David. Muito parecido com a mãe. E incrivelmente conservado! Mas nervoso; pronto, derrubou o copo.

Tressilian pegou ligeiro o copo e evitou, com destreza, que o líquido escorresse. Pronto. O sr. David mal notara o que fizera; olhava fixamente para a frente, com rosto inexpressivo.

Por falar em expressões, gozada a expressão do Horbury na copa, quando soube que um policial viera até a casa... como se...

A mente de Tressilian parou, sobressaltada. Walter deixara cair uma pêra da bandeja que carregava. Os lacaios não são mais os mesmos! Iam acabar cuidando de estrebarias, se continuassem assim!

Serviu o vinho do Porto. O sr. Harry parecia distraído aquela noite. Não parava de olhar o sr. Alfred. Nunca houvera amor entre os dois, nem quando garotos. O sr. Harry, é claro, sempre fora o favorito do pai, e isso magoava o sr. Alfred. O sr. Lee nunca ligara muito para o sr. Alfred. Uma pena, uma vez que o sr. Alfred sempre fora tão dedicado ao pai.

Agora a sra. Alfred estava se levantando. Contornou a mesa. Muito bonito o desenho do tafetá; aquela pelerine caía-lhe bem. Uma senhora muito elegante.

Ele saiu para a copa, fechando a porta da sala de jantar e deixando os homens com seu vinho do Porto.

Levou a bandeja de café para a sala de estar. As quatro senhoras lá se encontravam, bem pouco à vontade, pensou. Não conversavam. Serviu o café em silêncio.

Saiu novamente. Ao entrar na copa, ouviu a porta da sala de jantar abrir-se. David Lee saiu e atravessou o saguão em direção à sala de estar.

Tressilian voltou para a copa. Passou uma descompostura em Walter. Walter era quase, para não dizer que era muito, impertinente!

Sozinho na copa, Tressilian sentou-se, cansado.

Sentia-se deprimido. Véspera de Natal e toda aquela tensão... Não gostava daquilo!

Com esforço, levantou-se. Dirigiu-se para a sala de estar e recolheu as xícaras de café. Não havia ninguém, com exceção de Lydia, que lá se encontrava semi-escondida pela cortina da janela na extremidade da sala. Estava só ali, olhando a noite.

Da sala ao lado, veio o som do piano.

O sr. David estava tocando. Mas por que, perguntou-se Tressilian, o sr. David tocava a *Marcha fúnebre*? Pois era essa a música. Oh, sem dúvida as coisas iam mal.

Atravessou lentamente o saguão e voltou para a copa.

Foi então que ouviu pela primeira vez o ruído vindo de cima: um som de louça quebrada, móveis derrubados, uma série de estalidos e baques.

"Santo Deus", pensou Tressilian. "O que o sr. Lee está fazendo? O que está acontecendo lá em cima?"

E depois, num som alto e claro, veio um grito, um grito horrível, sofrido, que terminou sufocado ou engasgado.

Tressilian ficou paralisado por um momento, depois correu para o saguão e subiu a larga escadaria. Outros o seguiram. O grito fora ouvido em toda a casa.

Subiram depressa os degraus, dobraram o corredor, passaram por um nicho com estátuas brancas e lúgubres, e seguiram o corredor que levava à porta de Simeon Lee. O sr. Farr já estava lá e também a sra. David. Ela estava encostada à parede e ele girava a maçaneta da porta.

— A porta está trancada — dizia ele. — A porta está trancada!

Harry Lee abriu caminho e afastou-o da porta. Ele também girou e sacudiu a maçaneta.

— Papai — gritou. — Papai, deixe-nos entrar.

Levantou a mão e, no silêncio, todos prestaram atenção. Não houve resposta. Nenhum som vindo do quarto.

A campainha da porta tocou, mas ninguém notou.

Stephen Farr disse:

— Temos que arrombar a porta. É a única forma.

— Vai ser uma tarefa árdua — disse Harry. — Estas portas são sólidas. Vamos, Alfred.

Bateram e forçaram. Finalmente, pegaram um banco de carvalho e usaram-no como aríete. A porta acabou cedendo. As dobradiças saltaram e a porta estremeceu, desprendendo-se da esquadria.

Por um minuto permaneceram todos ali, amontoados, olhando. Nenhum deles jamais esqueceu a visão que tiveram...

Nitidamente, acontecera ali uma luta terrível. Mobílias pesadas estavam derrubadas. Vasos de louça estilhaçados no chão. No meio do tapete, diante do fogo ardente da lareira, jazia Simeon Lee numa grande poça de sangue... Havia sangue espalhado por todos os lados. O quarto parecia um matadouro.

Houve um suspiro longo e trêmulo e depois ouviram-se duas vozes. Por estranho que possa parecer, as palavras enunciadas foram duas citações.

David Lee disse:

— *"Os moinhos de Deus moem lentamente..."*

A voz de Lydia saiu como um sussurro flutuante:

— *"Quem jamais poderia imaginar que aquele velho guardasse tanto sangue dentro de si?..."*

IV

O superintendente Sugden tocou três vezes a campainha. Finalmente, em desespero, bateu na porta com força.

Walter, assustadíssimo, acabou abrindo a porta.

— Ufa — disse ele. Seu rosto ficou aliviado. — Estava agora mesmo ligando para a polícia.

— Para quê? — perguntou o superintendente rudemente. — O que está havendo por aqui?

Walter sussurrou:

— É o velho sr. Lee. *Acabaram com ele...*

O superintendente tirou-o do caminho e subiu correndo as escadas. Entrou no quarto sem que ninguém desse por sua presença. Ao entrar, viu Pilar abaixar-se e pegar uma coisa no chão. Viu David Lee de pé com as mãos sobre os olhos.

Viu os outros amontoados num grupo. Alfred Lee, sozinho, aproximara-se do corpo do pai. Estava bem próximo agora, olhando para baixo, com o rosto lívido.

George Lee falava, com ar importante.

— Nada deve ser tocado. Lembrem-se disso: *nada*, até a chegada da polícia. Isto é de *suma* importância!

— Com licença — disse Sugden.

Adiantou-se, afastando as senhoras com delicadeza.

Alfred Lee reconheceu-o.

— Ah — disse ele. — É o senhor, superintendente Sugden. Chegou aqui bem depressa.

— Sim, sr. Lee. — O superintendente Sugden não perdeu tempo em explicações. — O que houve?

— Meu pai — disse Alfred Lee — foi morto... *assassinado*...

Sua voz falhou.

Magdalene começou a soluçar histericamente.

O superintendente Sugden ergueu sua mão num gesto formal. Disse categoricamente:

— Por favor, gostaria que todos saíssem do quarto, exceto o sr. Lee e... hum... sr. George Lee?...

Dirigiram-se para a porta, relutantes, como carneiros. O superintendente Sugden interceptou Pilar de repente.

— Desculpe-me, senhorita — disse em tom amigável. — Nada deve ser tocado ou tirado do lugar.

Ela olhou para ele. Stephen Farr falou, impaciente:

— Claro que não. Ela sabe disso.

O superintendente Sugden prosseguiu, ainda de maneira agradável:

— A senhorita pegou algo no chão ainda há pouco?

Os olhos de Pilar se abriram. Ela o encarou e respondeu incrédula:

— *Eu* peguei?

O superintendente Sugden mantinha-se amigável. Apenas falou com a voz um pouco mais firme:

— Sim, eu a vi...

— Oh!

— Então me dê, por favor. Está na sua mão agora.

Lentamente, Pilar abriu a mão. Nela estavam um pedacinho de borracha e um pequenino objeto de madeira. O superintendente Sugden pegou-os e colocou-os num envelope, que guardou no bolso do paletó, e disse:

— Obrigado.

Voltou-se. Por um breve momento, Stephen Farr mostrou respeito no olhar espantado. Como se tivesse subestimado o grande e atraente superintendente.

Saíram lentamente do quarto. Ao fundo, ouviram a voz do superintendente dizer em tom oficial:

— E agora, por favor...

V

— Nada como um fogo de lenha — disse o coronel Johnson ao acrescentar uma tora, e depois puxou a cadeira mais para perto da lareira. — Sirva-se — acrescentou, hospitaleiramente, chamando a atenção para o armário de bebidas e para o sifão que se encontrava perto do cotovelo de seu convidado.

O convidado rejeitou a oferta com um gesto educado. Cautelosamente, aproximou sua própria cadeira da fogueira, embora fosse da opinião de que a possibilidade de assar as solas dos próprios pés (como em alguma tortura medieval) não compensava a corrente de ar frio que passava por trás de seus ombros.

O coronel Johnson, chefe de polícia de Middleshire, talvez fosse da opinião de que nada supera um fogo de lenha, mas Hercule Poirot era um fervoroso defensor do aquecimento central, em qualquer circunstância.

— Impressionante aquele caso Cartwright — observou o anfitrião, como quem se recorda. — Um homem impressionante! Maneiras deveras encantadoras. Ora, basta dizer que, quando ele veio aqui com você, colocou-nos todos na palma de sua mão.

Ele balançou a cabeça.

— Nunca mais teremos um caso como aquele! — disse. — Envenenamento por nicotina é raro, felizmente.

— Houve época em que você considerava todos os envenenamentos não-britânicos — sugeriu Hercule Poirot. — Um recurso de estrangeiros! Sem espírito esportivo!

— É difícil dizer uma coisa dessas — falou o chefe de polícia. — Um monte de casos de envenenamento por arsênico... talvez muito mais do que jamais se suspeitou.

— Possivelmente sim.

— Envenenamento, sempre um caso complicado — prosseguiu Johnson. — Depoimentos conflitantes dos peritos, depois, os médicos em geral são cuidadosos demais no que dizem. Sempre um caso difícil de levar a julgamento. Não, se é *necessário* um assassinato (que Deus me perdoe!), que seja um caso direto. Alguma coisa em que não haja ambigüidade quanto à causa da morte.

Poirot concordou.

— O ferimento a bala, a garganta cortada, o crânio esmagado? É assim que você prefere?

— Oh, não se trata de preferência, meu caro colega. Não alimente a idéia de que *gosto* de casos de assassinato! Espero nunca mais ter outro. De qualquer maneira, acho que estaremos seguros durante sua visita.

Poirot comentou com modéstia:

— Minha reputação...

Mas Johnson não parara de falar:

— Época de Natal. Paz e boa vontade... e todo esse tipo de coisa. Boa vontade em todos os lugares.

Hercule Poirot recostou-se na cadeira. Juntou as pontas dos dedos. Estudou seu anfitrião pensativamente.

— Você pensa, então — murmurou —, que o Natal é uma época pouco propícia ao crime?

— Exatamente.

— Por quê?

— Por quê? — Johnson ficou um pouco desnorteado. — Bem, como acabei de dizer... época de comemorações e tudo o mais!

Hercule Poirot murmurou:

— Ah, os britânicos... são tão sentimentais!

— E qual o problema? — disse Johnson firmemente. — Qual o problema de gostarmos dos costumes antigos, das tradicionais festividades? Que mal há nisso?

— Não há mal algum. É tudo muito encantador! Mas examinemos os *fatos* por um instante. Você disse que o Natal é uma época de comemorações. Isto significa muita comida e bebida, não é mesmo? Isto quer dizer, na verdade, comida em *excesso*! E comendo-se em excesso, lá vem a indigestão! E com a indigestão vem a irritabilidade!

— Os crimes — retrucou o coronel Johnson — não são cometidos por irritabilidade.

— Não tenho tanta certeza! Vejamos outro aspecto. Existe, no Natal, um espírito de boa vontade. É, como vocês dizem, "o que se deve fazer". Velhas brigas são esquecidas, os que entraram em desacordo consentem em concordar mais uma vez, mesmo que seja temporariamente.

Johnson assentiu.

— Fazer as pazes, isso mesmo.

Poirot prosseguiu em sua explanação:

— As famílias, agora. Famílias que estiveram afastadas durante o ano todo reúnem-se mais uma vez. Bem, nessas condições, meu amigo, você tem de admitir que haverá muita *tensão*. Pessoas que não se *sentem* cordiais fazem um grande esforço para *aparentar* cordialidade! Existe, no Natal, muita *hipocrisia*, hipocrisia louvável, hipocrisia gerada *pour le bon motif, c'est entendu*, mas, ainda assim, hipocrisia!

— Bem, eu não colocaria as coisas exatamente assim — disse o coronel Johnson, em dúvida.

Poirot sorriu radiante:

— Não, não. Sou *eu* que estou colocando assim, não você. Estou chamando sua atenção para o fato de que, sob estas condições, tensão mental, *malaise* físico, é bastante provável que desavenças antes meramente ligeiras e discórdias antes triviais possam subitamente assumir um caráter mais sério. O resultado de uma pessoa fingir-se mais afável, com maior capacidade de perdoar, de espírito mais elevado do que realmente é, provoca, mais cedo ou mais tarde, um comportamento mais hostil, mais impiedoso, mais desagradável do que o momento exige! Se você reprime a corrente do comportamento natural, *mon ami*, mais cedo ou mais tarde a represa arrebenta e ocorre um cataclismo!

O coronel Johnson olhou-o com ar de dúvida.

— Nunca se sabe quando você está falando sério ou quando está zombando — resmungou.

Poirot sorriu.

— Não estou falando sério! Nem um pouquinho! Mas, mesmo assim, é verdade o que eu disse: condições artificiais provocam reações naturais.

O criado do coronel Johnson entrou na sala.

— O superintendente Sugden ao telefone, senhor.

— Está bem, já vou.

Desculpando-se, o chefe de polícia saiu da sala.

Voltou três minutos depois. Seu rosto estava sério e transtornado.

— Raios! — disse ele. — Caso de assassinato! E na véspera do Natal!

Poirot levantou as sobrancelhas.

— Não há dúvida de que é... um assassinato?

— Quê? Oh, não pode ser outra coisa! Um caso bem claro. Assassinato. E um crime brutal!

— Quem é a vítima?

— O velho Simeon Lee. Um dos homens mais ricos daqui! Fez sua fortuna na África do Sul. Ouro... não, diamantes, acho eu. Investiu uma imensa fortuna na fabricação de um aparelho qualquer para a indústria de mineração. Invenção dele mesmo, creio. Não importa, o fato é que lucrou mais do que esperava! Dizem que é multimilionário.

— Ele era benquisto? — perguntou Poirot.

Johnson respondeu lentamente:

— Não creio que alguém gostasse dele. Sujeito esquisito. Há alguns anos que estava inválido. Eu mesmo não sei de muita coisa a seu respeito. Mas, sem dúvida, é um dos figurões da região.

— Então este caso vai causar sensação?

— Vai. Preciso ir a Longdale o mais rápido possível.

Hesitou, olhando seu convidado. Poirot respondeu a pergunta não-formulada.

— Gostaria que eu o acompanhasse?

Johnson respondeu meio sem jeito:

— É uma vergonha pedir isso a você. Mas, bem, você sabe como é! O superintendente Sugden é um homem bom, não há outro melhor. Caprichoso, cuidadoso, muito sensato... mas... bem, mas não é um sujeito *criativo*. Apreciaria muito, já que você está aqui, contar com seus conselhos.

Fez breves pausas na parte final de seu discurso, dando-lhe uma espécie de estilo telegráfico. Poirot respondeu rapidamente.

— Será um prazer. Pode contar comigo para auxiliá-lo da melhor forma que puder. Mas não devemos ferir os sentimentos do bom superintendente. Será um caso dele, e não meu. Sou apenas um consultor não-oficial.

O coronel Johnson respondeu amigavelmente:

— Você é um bom sujeito, Poirot.

Depois da troca de elogios, os dois partiram.

VI

Um guarda abriu a porta da frente e os cumprimentou. Atrás dele, o superintendente Sugden avançou pelo saguão e disse:

— Ainda bem que o senhor chegou. Vamos até esta sala, aqui à esquerda, o escritório do sr. Lee? Gostaria de expor alguns fatos. Foi um negócio de mau gosto.

Levou-os até uma saleta à esquerda do saguão. Lá havia um telefone e uma enorme escrivaninha coberta de papéis. As paredes eram cheias de estantes.

O chefe de polícia falou:

— Sugden, este é Monsieur Hercule Poirot. Talvez já tenha ouvido falar dele. Está hospedado comigo. Superintendente Sugden.

Poirot curvou-se ligeiramente e examinou o homem de alto a baixo. Viu um homem alto de ombros retos e porte militar que tinha nariz aquilino, maxilar belicoso e um grande bigode castanho. Sugden encarou Hercule Poirot depois de ter sido apresentado. Hercule Poirot olhava fixamente para o bigode do superintendente Sugden. Sua exuberância o havia fascinado.

O superintendente disse:

— Claro que já ouvi falar do senhor, sr. Poirot. Esteve por aqui há alguns anos, se não me falha a memória. Na morte de Sir Bartholomew Strange. Envenenamento. Nicotina. Não foi no meu distrito, mas é claro que soube do caso.

O coronel Johnson falou com impaciência:

— Bem, Sugden, agora vamos aos fatos. Um caso nítido, você disse.

— Sim, senhor, foi assassinato. Não há a menor dúvida. Cortaram a garganta do sr. Lee... veia jugular lacerada, foi o que disse o médico. Mas há coisas muito estranhas neste caso.

— O que quer dizer?

— Gostaria que os senhores ouvissem minha história primeiro. Existem as circunstâncias: hoje à tarde, por volta das dezessete horas, recebi um telefonema do sr. Lee na delegacia de Addlesfield. Falava de maneira esquisita ao telefone. Pediu-me que viesse vê-lo às vinte horas. Enfatizou bem a hora. Além disso, pediu-me que dissesse ao mordomo que eu estava recolhendo donativos para alguma instituição de caridade da polícia.

O chefe de polícia olhou rapidamente para Sugden.

— Queria um pretexto plausível para você entrar na casa?

— Isso mesmo, senhor. Bem, naturalmente, o sr. Lee é uma pessoa importante e atendi ao seu pedido. Cheguei aqui pouco antes das oito e disse que estava pedindo donativos para o orfanato da polícia. O mordomo entrou e voltou dizendo que o sr. Lee queria ver-me. Em seguida, levou-me até o quarto do sr. Lee, situado no primeiro andar, exatamente em cima da sala de jantar.

O superintendente Sugden fez uma pausa, respirou fundo e depois prosseguiu em seu relatório, num tom um tanto oficial:

— O sr. Lee estava sentado numa cadeira ao lado da lareira. Vestia um roupão. Quando o mordomo saiu do quarto e fechou a porta, o sr. Lee pediu-me que sentasse perto dele. Disse, depois, hesitante, que queria dar-me os detalhes de um roubo. Perguntei-lhe o que havia sido roubado. Respondeu-me que tinha motivos para crer que diamantes (diamantes brutos, acho que ele mencionou) no valor de milhares de libras tinham sido roubados de seu cofre.

— Diamantes, hein? — disse o chefe de polícia.

— Sim, senhor. Fiz-lhe várias perguntas de rotina, mas ele não se sentia muito seguro e suas respostas eram um tanto vagas. Finalmente, ele disse: "É preciso que o senhor entenda, superintendente, que eu posso estar enganado." Repliquei: "Não estou entendendo bem, senhor. Ou os diamantes sumiram, ou não sumiram. Uma coisa ou outra." Ele esclareceu: "Os diamantes sumiram, sim, mas é possível, superintendente, que o desaparecimento não passe de uma piada de mau gosto." Bem, aquilo me pareceu estranho, mas não falei nada. Ele prosseguiu: "É difícil para mim explicar em detalhes, mas o fato se resume a isso: ao que eu saiba, apenas duas pessoas podem ter levado as pedras. Uma delas pode tê-las levado de brincadeira. Se foi a outra pessoa, então elas foram definitivamente roubadas." Perguntei: "O que quer exatamente que eu faça, senhor?" Ele respondeu depressa: "Gostaria que o senhor voltasse daqui a uma hora, aproximadamente... não, um pouco depois: às

21h15, digamos. Então poderei dizer definitivamente se fui roubado ou não." Fiquei um pouco confuso, mas concordei e saí.

O coronel Johnson comentou:

— Curioso, muito curioso. O que acha, Poirot?

Hercule Poirot falou:

— Poderia perguntar-lhe, superintendente, a que conclusões chegou?

O superintendente acariciou o queixo ao responder cuidadosamente:

— Bem, várias idéias me ocorreram, mas, num todo, vejo as coisas assim: não existe a hipótese de brincadeira de mau gosto. Os diamantes foram roubados mesmo. Mas o velho não tinha certeza quanto à pessoa. Acho que estava dizendo a verdade quando falou que poderiam ter sido duas pessoas. E, dessas duas, uma era um criado e a outra, um *membro da família*.

Poirot assentiu.

— *Très bien*. Sim, isso explica bem a atitude dele.

— Daí seu desejo de que eu voltasse mais tarde. Nesse ínterim, ele pretendia conversar com a pessoa em questão. Diria que já havia exposto o fato à polícia, mas que, se a restituição fosse imediata, poderia silenciar o caso.

O coronel Johnson perguntou:

— E se o suspeito não o atendesse?

— Neste caso, ele poria a investigação em nossas mãos.

O coronel Johnson franziu a testa e torceu a ponta do bigode. Fez uma objeção.

— Por que não tomar esta providência *antes* de chamá-lo?

— Não, não. — O superintendente balançou a cabeça. — Veja bem, se ele tivesse feito isso, teria sido um blefe. Não seria tão convincente. A pessoa diria para si mesma: "O velho não vai chamar a polícia, não importa o quanto suspeite!" Mas se o velho dissesse "*Eu já falei com a polícia*, o superintendente acabou de sair", o ladrão, digamos, perguntaria ao mordomo e este confirmaria: "Sim, o superintendente esteve aqui pouco antes do jantar."

Bem, o ladrão se convenceria de que o velho estava falando sério e lhe caberia, então, devolver as pedras.

— Humm, entendo — disse o coronel Johnson. — Alguma idéia, Sugden, de quem possa ser esse "membro da família"?

— Não, senhor.

— Nenhuma espécie de indicação?

— Nenhuma.

Johnson balançou a cabeça e disse:

— Bem, continue.

O superintendente Sugden retomou sua postura oficial.

— Voltei até aqui exatamente às 21h15. No exato momento em que ia tocar a campainha da porta da frente, ouvi um grito vindo de dentro da casa e depois uma gritaria e confusão generalizada. Toquei diversas vezes e também bati na porta. Só me atenderam três ou quatro minutos depois. Quando o lacaio finalmente abriu a porta, percebi que algo de grave acabara de acontecer. Ele tremia da cabeça aos pés e parecia que ia desmaiar. Conseguiu dizer que o sr. Lee fora assassinado. Subi depressa. Encontrei o quarto do sr. Lee na mais completa confusão. Evidentemente, havia acontecido ali uma luta terrível. O sr. Lee jazia diante da lareira com a garganta cortada, numa poça de sangue.

O chefe de polícia perguntou incisivamente:

— Ele mesmo não poderia ter feito isso?

Sugden balançou a cabeça.

— Impossível, senhor. Para começar, havia cadeiras e mesas viradas, enfeites e figuras de barro quebrados, e não havia vestígio de navalha ou faca com que o crime pudesse ter sido cometido.

O chefe de polícia falou, pensativo:

— Sim, parece conclusivo. Alguém no quarto?

— Quase toda a família estava lá, senhor. Olhando, de pé.

O coronel Johnson perguntou com firmeza:

— Alguma idéia, Sugden?

O superintendente respondeu devagar:

— É um caso difícil, senhor. Parece que um deles fez isso. Não vejo como uma pessoa de fora possa ter entrado e saído a tempo.

— E a janela? Estava aberta ou fechada?

— Existem duas janelas no quarto. Uma estava fechada e trancada. A outra estava aberta uns centímetros embaixo, mas estava fixada naquela posição por uma trava contra ladrões e, além disso, tentei abri-la e não consegui, acho que não é aberta há anos. Ainda por cima, a parede do lado de fora é lisa e inteiriça: não tem heras ou trepadeiras. Não vejo como uma pessoa possa ter saído por ali.

— Quantas portas tem o quarto?

— Apenas uma. O quarto fica no final de um corredor. A porta estava trancada por dentro. Quando ouviram o barulho da luta e o grito de morte do velho, subiram correndo e tiveram de arrombar a porta.

Johnson perguntou bruscamente:

— E quem estava no quarto?

O superintendente Sugden respondeu gravemente:

— Não havia ninguém no quarto, senhor, com exceção do velho que acabara de ser assassinado minutos antes.

VII

O coronel Johnson fitou Sugden durante alguns minutos, de olhos arregalados, antes de exclamar:

— Você quer me dizer, superintendente, que este é um daqueles malditos casos que a gente lê em histórias de detetive, em que um homem é assassinado num quarto trancado, aparentemente por algum agente sobrenatural?

Um sorriso distante agitou o bigode do superintendente, enquanto ele respondia com gravidade:

— Não creio que seja tão impossível assim, senhor.

O coronel Johnson decidiu:

— Suicídio. Tem de ser suicídio!

— Neste caso, onde está a arma? Não, senhor, suicídio não resolve.

— Então, como o assassino escapou? Pela janela?

Sugden balançou a cabeça.

— Posso jurar que ele não fez isso.

— Mas você disse que a porta estava trancada por dentro.

O superintendente assentiu. Tirou uma chave do bolso e colocou-a sobre a mesa.

— Sem impressões digitais — anunciou. — Mas veja esta chave, senhor. Examine-a com aquela lente de aumento.

Poirot curvou-se para a frente. Ele e Johnson examinaram a chave juntos. O chefe de polícia exclamou:

— Por Deus, entendi! Estes arranhões leves na ponta da chave. Está vendo, Poirot?

— Estou, claro. Isto quer dizer que a chave foi girada pelo lado de fora, com o auxílio de uma ferramenta especial que foi enfiada no buraco da fechadura e prendeu a ponta da chave... possivelmente um alicate comum daria para fazer isso.

O superintendente assentiu.

— Pode ter sido isso, sim.

— A idéia, então — prosseguiu Poirot —, era de que a morte seria considerada suicídio, já que a porta estava trancada e não havia ninguém no quarto?

— Essa foi a idéia, sr. Poirot, não tenho a menor dúvida.

Poirot balançou a cabeça, sem muita certeza.

— Mas a bagunça no quarto! Como o senhor disse, só esse fato afastaria a idéia de suicídio. Em primeiro lugar, o assassino teria o cuidado de deixar o quarto em ordem.

— Mas ele não teve *tempo*, sr. Poirot — esclareceu Sugden. — Esta é a questão. Não teve tempo. Digamos que ele tenha esperado encontrar o velho desprevenido. Bem, não foi o que aconteceu. Houve uma luta, uma luta que se ouviu nitidamente da sala embaixo; e, o que é mais importante, o velho gritou por socorro. Todos subiram depressa. O assassino só teve tempo de fugir do quarto e girar a chave pelo lado de fora.

— É verdade — admitiu Poirot. — Talvez alguma coisa tenha dado errado para o assassino. Por que ele não deixou a arma? Por quê? Naturalmente, se não há arma, não pode ser suicídio! Este foi o erro mais grave.

O superintendente Sugden falou com firmeza:

— Os criminosos geralmente erram. É o que diz nossa experiência.

Poirot deixou escapar um leve suspiro. Murmurou:

— Mas mesmo assim, apesar de seus erros, esse criminoso escapou.

— Não creio que tenha exatamente *escapado*.

— Quer dizer que ele ainda está nesta casa?

— Não vejo em que outro lugar possa estar. Foi um trabalho interno.

— Mas, *tout de même* — Poirot enfatizou gentilmente —, ele escapou até onde queria: *o senhor não sabe quem ele é*.

O superintendente Sugden replicou com delicadeza, mas firmemente:

— Mas imagino que logo descobriremos. Ainda não interrogamos nenhum dos moradores da casa.

O coronel Johnson interrompeu:

— Escute aqui, Sugden, há uma coisa que me intriga. Quem quer que tenha girado a chave pelo lado de fora devia ter algum conhecimento de causa. Ou seja, provavelmente tinha experiência como criminoso. Esse tipo de ferramenta não é fácil de manejar.

— Quer dizer que foi trabalho de um profissional, senhor?

— Exatamente.

— Parece mesmo — admitiu o outro. — Seguindo-se esse raciocínio, parece que temos um ladrão profissional entre os criados. Isto explicaria o sumiço dos diamantes, e o assassinato seria apenas uma conseqüência lógica.

— Bem, há algo de errado com essa teoria?

— Era por aí que eu pretendia começar. Mas é difícil. Há oito criados na casa; seis são mulheres e, dessas seis, cinco estão aqui há mais de quatro anos. Então sobram o mordomo e o lacaio. O mordomo trabalha aqui há quase quarenta anos. Um tempo recorde, eu diria. O lacaio é da região, filho do jardineiro, e criado daqui. Não vejo como ele possa ser um profissional. A pessoa que sobra é o criado pessoal do sr. Lee. É relativamente novo, mas não estava em casa, e ainda não está: saiu pouco antes das oito.

— Você tem a lista de todas as pessoas que se encontravam na casa? — perguntou o coronel Johnson.

— Tenho, senhor. Apanhei com o mordomo. — Pegou sua caderneta. — Quer que eu leia para o senhor?

— Por favor, Sugden.

— Sr. e sra. Alfred Lee, sr. George Lee, membro do Parlamento, e sua mulher. Sr. Harry Lee. Sr. e sra. David Lee. Srta. — o superintendente fez uma ligeira pausa, pronunciando cuidadosamente as palavras — Pilar — enunciou como uma obra de arquitetura — Estravados. Sr. Stephen Farr. Agora os criados: Edward Tressilian, mordomo. Walter Champion, lacaio. Emily Reeves, cozinheira. Queenie Jones, copeira. Gladys Spent, chefe das arrumadeiras. Grace Best, segunda arrumadeira. Beatrice Moscombe, terceira arrumadeira. Joan Kench, auxiliar de serviços gerais. Sydney Horbury, criado pessoal.

— Todos aí, não?

— Todos, senhor.

— Alguma idéia de onde todos se encontravam na hora do crime?

— Não ao certo. Como lhe disse, ainda não interroguei ninguém. Segundo Tressilian, os homens ainda estavam na sala de jantar. As mulheres tinham ido para a sala de estar. Tressilian havia servido o café. Pelo que disse, ele acabara de voltar à copa quando ouviu o barulho em cima. Seguiu-se um grito. Ele correu até o saguão e subiu as escadas depois dos outros.

— Quantos membros da família moram na casa, e quem está apenas hospedado? — perguntou o coronel Johnson.

— O sr. e a sra. Alfred Lee vivem aqui. Os outros estão visitando.

Johnson assentiu com a cabeça.

— Onde estão todos?

— Pedi que ficassem na sala de estar até que eu estivesse pronto para ouvir seus depoimentos.

— Sei. Bem, vamos subir e dar uma olhada no local.

O superintendente guiou-os pelas largas escadas e ao longo do corredor.

Ao entrar no quarto onde ocorrera o crime, Johnson respirou fundo.

— Que coisa horrível — comentou.

Ficou uns minutos examinando as cadeiras caídas, a louça espatifada e os cacos respingados de sangue.

Um homem magro e idoso levantou-se de onde estava, ajoelhado ao lado do corpo, e balançou a cabeça.

— Boa noite, Johnson — disse ele. — Muito estrago, hein?

— E como! Alguma novidade para nós, doutor?

O médico deu de ombros e riu.

— Vou deixar a linguagem científica para o inquérito! Nada de complicado. Sangrou até morrer, em menos de um minuto. Nenhum sinal da arma.

Poirot atravessou o quarto até as janelas. Como dissera o superintendente, uma delas estava fechada e trancada. A outra estava aberta cerca de dez centímetros embaixo. Uma borboleta de rosca grossa, do tipo que muitos anos atrás era conhecido como pega-ladrão, prendia-a naquela posição.

— De acordo com o mordomo — explicou Sugden —, esta janela nunca era fechada, com sol ou chuva. Há um tapete de linóleo debaixo dela, caso a chuva pingasse aqui dentro, o que não acontecia com freqüência, já que o beiral do telhado protege a janela.

Poirot assentiu com a cabeça.

Voltou até o corpo e fixou os olhos no velho.

Os lábios estavam afastados das gengivas exangues, numa posição que sugeria um rosnado. Os dedos estavam curvos como garras.

— Não parecia um homem forte — observou Poirot.

— Era muito resistente, creio — disse o médico. — Sobreviveu a doenças bem sérias, que poderiam ter matado a maioria dos homens.

— Não quis dizer isso — explicou-se Poirot. — Quero dizer, ele não era grande, não era fisicamente forte.

— Não, era até bastante frágil.

Poirot afastou-se do morto. Curvou-se para examinar uma cadeira derrubada, uma grande cadeira de mogno. Ao lado dela havia uma mesa redonda de mogno e os fragmentos de um grande abajur de porcelana. Duas cadeiras menores estavam próximas, além dos cacos de uma garrafa e dois copos. Um peso para papéis, de vidro, intacto, alguns livros espalhados, um grande vaso japonês despedaçado e uma estátua de bronze de uma moça nua completavam a desordem.

Poirot curvou-se sobre cada peça, examinando-as minuciosamente, mas sem tocá-las. Franziu a testa como se estivesse perplexo.

— Alguma coisa o intriga? — perguntou o chefe de polícia.

Hercule Poirot suspirou e murmurou:

— Um homem tão frágil, mirrado... e ainda assim, tudo isso.

Johnson ficou confuso. Afastou-se e perguntou ao sargento, que estava ocupado com suas tarefas:

— Alguma impressão digital?

— Um monte, senhor, por todo o quarto.

— E no cofre?

— Nada. As únicas impressões no cofre são as do velho.

Johnson voltou-se para o médico.

— E as manchas de sangue? — perguntou. — É claro que quem o matou deve ter se sujado de sangue.

O médico respondeu, em dúvida:

— Não necessariamente. O sangue saiu quase todo da veia jugular. Não teria espirrado, como de uma artéria.

— Não, não. Mas mesmo assim há sangue demais.

— Sim, muito sangue — concordou Poirot —, e isso é intrigante. Sangue demais.

O superintendente Sugden perguntou, com respeito:

— Bem... hum... e isso, isso lhe sugere alguma coisa, sr. Poirot?

Poirot olhou-o. Balançou a cabeça, perplexo.

— Há alguma coisa aqui... uma violência... — Ele fez uma breve pausa e depois prosseguiu: — Sim, é isso, *violência*... E sangue. Uma insistência em *sangue*... É, como direi?, há *sangue demais*. Sangue nas cadeiras, nas mesas, no tapete... O ritual de sangue? Sangue de sacrifício? Talvez. Um homem tão frágil, tão magro, tão mirrado, tão seco... mesmo assim... em sua morte... *tanto sangue*...

Sua voz sumiu. O superintendente Sugden, encarando-o com seus olhos redondos e assustados, disse em tom de pasmo:

— Engraçado... Foi o que ela disse... a senhora...

— Que senhora? — perguntou Poirot bruscamente. — O que foi que ela disse?

Sugden respondeu:

— A sra. Lee, a sra. Alfred Lee. Parou ao lado da porta e falou quase que sussurrando. Não teve sentido para mim.

— O que foi que ela disse?

— Alguma coisa sobre quem iria adivinhar que o velho tinha tanto sangue...

Poirot disse baixinho:

— *Quem jamais poderia imaginar que aquele velho guardasse tanto sangue dentro de si*? As palavras de Lady Macbeth. Ela disse isso... Ah, isso é interessante...

VIII

Alfred Lee e a mulher entraram no pequeno escritório onde Poirot, Sugden e o chefe de polícia os aguardavam. O coronel Johnson adiantou-se.

— Muito prazer, sr. Lee. Nunca nos conhecemos de fato, mas, como sabe, sou o chefe de polícia do condado. Meu nome é Johnson. Não sei como lhe dizer o quanto estou sentido pelo que aconteceu.

Alfred, cujos olhos castanhos pareciam os de um cãozinho sofredor, disse em voz rouca:

— Obrigado. É terrível. Uma coisa terrível. Eu... esta é minha mulher.

Lydia falou com sua voz mansa:

— Foi um choque terrível para meu marido... para todos nós... mas particularmente para ele.

Sua mão repousava no ombro do marido.

— Não quer sentar-se, sra. Lee? — disse o coronel Johnson. — Deixe-me apresentá-los a Monsieur Poirot.

Hercule Poirot curvou-se ligeiramente. Seus olhos pousaram com certo interesse no marido e na mulher.

As mãos de Lydia apertaram de leve o ombro de Alfred.

— Sente-se, Alfred.

Alfred sentou-se. Murmurou:

— Hercule Poirot. Ora, quem... quem...?

Passou a mão sobre a testa de maneira absorta.

— O coronel Johnson quer fazer-lhe algumas perguntas, Alfred — disse Lydia.

O chefe de polícia olhou-a em sinal de aprovação. Sentiu-se grato por a sra. Lee estar se mostrando uma mulher sensata e competente.

— Claro, claro... — disse Alfred.

Johnson disse para si mesmo: "O choque parece tê-lo deixado muito abalado. Espero que consiga controlar-se um pouco."

Em voz alta, disse:

— Tenho aqui a relação de todas as pessoas que se encontravam na casa hoje à noite. Talvez o senhor possa confirmar se está correta, sr. Lee.

Fez um breve gesto a Sugden e este pegou sua caderneta e, mais uma vez, leu os nomes.

O procedimento formal pareceu aproximar Alfred Lee de seu estado normal. Recobrou o autocontrole, os olhos não estavam mais perdidos no infinito. Quando Sugden acabou, ele confirmou com um gesto de cabeça.

— Está certa — falou.

— O senhor se importaria de falar um pouco mais sobre seus convidados? O sr. e a sra. George Lee, bem como o sr. e a sra. David Lee, são seus parentes, imagino.

— São meus dois irmãos mais novos e suas mulheres.

— Estão aqui só de visita?

— Isso, vieram passar o Natal.

— O sr. Harry Lee também é seu irmão?

— É.

— E os outros dois convidados? A srta. Estravados e o sr. Farr?

— A srta. Estravados é minha sobrinha. O sr. Farr é filho de um antigo sócio de meu pai na África do Sul.

— Ah, um velho amigo.

Lydia interveio:

— Não, na verdade nunca o víramos antes.

— Sei. Mas convidaram-no para passar o Natal aqui?

Alfred hesitou e olhou para a mulher. Ela falou claramente:

— O sr. Farr apareceu ontem, inesperadamente. Estava aqui por perto e resolveu visitar meu sogro. Quando meu sogro soube que ele era filho de um velho amigo e sócio seu, insistiu para que ficasse para o Natal.

— Sei — disse o coronel Johnson. — Estes são os familiares. E quanto aos empregados, sra. Lee, a senhora os considera de confiança?

Lydia pensou um pouco antes de responder. Depois disse:

— Sim. Tenho certeza de que são de toda confiança. Quase todos trabalham aqui há muitos anos. Tressilian, o mordomo, está aqui desde que meu marido era criança. Os mais novos são apenas a auxiliar de serviços gerais, Joan, e o criado pessoal de meu sogro.

— Que tal eles?

— Joan é uma criaturinha boba. É o pior que se pode dizer dela. Conheço Horbury muito pouco. Está aqui há pouco mais de um ano. Bastante competente em seu trabalho e meu sogro parecia estar satisfeito com ele.

Poirot observou com perspicácia:

— Mas a senhora, Madame, não estava tão satisfeita, não é?

Lydia deu de ombros.

— Não tinha nada a ver comigo.

— Mas a senhora é a dona da casa, Madame. É a senhora quem lida com os criados?

— Oh, sim, claro. Mas Horbury era criado pessoal de meu sogro. Não era de minha alçada.

— Entendo.

— Vamos aos acontecimentos desta noite — disse o coronel Johnson. — Creio que lhe será penoso, sr. Lee, mas gostaria de ouvir seu relato.

— Pois não — disse Alfred gravemente.

— Quando, por exemplo, viu seu pai pela última vez? — perguntou o coronel Johnson, para encorajá-lo.

Um rasgo de dor atravessou o rosto de Alfred quando este respondeu com voz grave:

— Depois do chá. Estive com ele por pouco tempo. Finalmente, dei-lhe boa-noite e saí de seu quarto... deixe-me ver... por volta de 17h45.

— Deu-lhe boa-noite? — observou Poirot. — Então não esperava vê-lo outra vez nessa noite?

— Não. O jantar de meu pai, que era sempre uma refeição leve, era diariamente levado às dezenove horas. Depois disso, às vezes se deitava cedo e às vezes ficava sentado em sua cadeira, mas nunca esperava ver nenhum membro da família outra vez, a não ser que mandasse chamar alguém em especial.

— E costumava chamar alguém?

— Às vezes. Quando tinha vontade.

— Mas não era o mais comum?

— Não.

— Continue, por favor, sr. Lee.

Alfred continuou:

— Jantamos às vinte horas. O jantar acabou e minha mulher, junto com as outras senhoras, foi para a sala de estar. — Sua voz falhou. Os olhos se fixaram no infinito de novo. — Estávamos sentados lá, à mesa... De repente, ouvimos um barulho assustador lá em cima. Cadeiras caindo, móveis quebrando, vidros e louças se espatifando, e depois... meu Deus — ele estremeceu — ainda posso ouvir... meu pai gritou... um grito longo e vindo de dentro... o grito de um homem em agonia mortal...

Levantou as mãos trêmulas para cobrir o rosto. Lydia esticou o braço e tocou em sua manga. O coronel Johnson disse gentilmente:

— E depois?

Alfred prosseguiu, com a voz entrecortada:

— Acho... por um momento ficamos aturdidos. Depois, saímos correndo da sala e subimos as escadas até o quarto de meu pai. A porta estava trancada. Não pudemos entrar. Tivemos de arrombá-la. Depois, quando entramos, vimos...

Sua voz sumiu.

Johnson falou rapidamente:

— Não precisa falar sobre essa parte, sr. Lee. Vamos voltar um pouco, até o momento em que os senhores estavam na sala de jantar. Quem estava lá quando o senhor ouviu o grito?

— Quem estava lá? Ora, todos nós... Não, deixe-me ver. Meu irmão estava lá. Meu irmão Harry.

— Mais ninguém?

— Mais ninguém.

— Onde estavam os outros cavalheiros?

Alfred suspirou e franziu a testa, esforçando-se para lembrar.

— Deixe-me ver... parece tanto tempo... sim, parecem anos... o que aconteceu? Oh, claro, George fora telefonar. Depois começamos a conversar sobre assuntos de família, e Stephen Farr percebeu que queríamos discutir algumas coisas e se retirou. E o fez com muita delicadeza e tato.

— E seu irmão David?

Alfred franziu a testa.

— David? Ele não estava lá? Não, claro que não. Não me lembro exatamente quando saiu.

— Então tinham assuntos de família a discutir? — perguntou Poirot, delicadamente.

— Bem, tínhamos.

— Ou seja, tinha algo a discutir com *um* membro de sua família?

Lydia interrompeu:

— O que quer dizer, Monsieur Poirot?

Ele voltou-se ligeiro para ela.

— Madame, seu marido disse que o sr. Farr retirou-se porque percebeu que tinham questões de família a discutir. Mas não se tratava de um *conseil de famille*, uma vez que Monsieur David não estava lá, bem como Monsieur George. Tratava-se, então, de uma discussão entre apenas dois membros da família.

— Meu cunhado Harry — explicou Lydia — passou muitos anos no exterior. Era natural que ele e meu marido tivessem coisas a conversar.

— Ah! Entendo. Foi isso.

Ela fulminou-o com um breve olhar e depois desviou os olhos.

— Bem, tudo isso parece claro — disse Johnson. — O senhor percebeu mais alguém quando subiu as escadas para o quarto de seu pai?

— Eu... realmente não me lembro. Talvez. Cada um veio de um lado. Mas receio não ter notado... estava tão alarmado. Aquele grito terrível...

O coronel Johnson mudou rapidamente de assunto.

— Obrigado, sr. Lee. Agora, há uma outra coisa. Eu soube que seu pai guardava consigo alguns diamantes valiosos.

Alfred ficou um tanto surpreso:

— Sim. É verdade.

— Onde os guardava?

— No cofre, em seu quarto.

— Pode descrevê-los?

— Eram diamantes brutos, quer dizer, pedras não-lapidadas.

— Por que seu pai os guardava aqui?

— Era um capricho dele. Tinha trazido essas pedras da África do Sul. Nunca as mandou lapidar. Gostava de guardá-las consigo. Como disse, era um capricho dele.

— Entendo — disse o chefe de polícia.

Por seu tom de voz, ficou claro que não entendia. Prosseguiu:

— Eram muito valiosas?

— Meu pai estimava o valor em cerca de dez mil libras.

— Na verdade, eram pedras muito valiosas, então?

— Eram.

— Parece-me curioso guardar tais pedras num cofre no quarto.

Lydia interrompeu.

— Meu sogro, coronel Johnson, era um homem um tanto curioso. Suas idéias não eram convencionais. Ele sentia enorme prazer em manusear aquelas pedras.

— Talvez o fizessem lembrar do passado — observou Poirot.

Ela lançou-lhe um rápido olhar de concordância.

— Sim, acho que sim.

— Estavam no seguro? — perguntou o chefe de polícia.

— Creio que não.

Johnson inclinou-se para a frente. Perguntou tranqüilamente:

— O senhor sabia, sr. Lee, que estas pedras tinham sido roubadas?

— O quê? — Alfred Lee encarou-o.

— Seu pai nada lhe disse sobre o desaparecimento?

— Nem uma palavra.

— O senhor não sabia que ele chamara o superintendente Sugden para relatar-lhe a perda?

— Não tinha a menor idéia de tal coisa!

O chefe de polícia transferiu seu olhar.

— E a senhora, sra. Lee?

Lydia balançou a cabeça.

— Não sabia de nada.

— Então, para os senhores, as pedras ainda estavam no cofre?

— Sim.

Ela hesitou e então perguntou:

— E foi por isso que o mataram? Por causa daquelas pedras?

— Isto é o que vamos descobrir! — disse o coronel Johnson. — Faz alguma idéia, sra. Lee, de quem poderia ter engendrado tal roubo?

Ela balançou a cabeça.

— Não, mesmo. Tenho certeza de que todos os criados são honestos. Mesmo assim, seria muito difícil qualquer um deles chegar até o cofre. Meu sogro ficava sempre no quarto. Nunca vinha cá embaixo.

— Quem cuidava do quarto?

— Horbury. Ele arrumava a cama e fazia a limpeza. A segunda arrumadeira ia lá limpar a lareira e acender o fogo todas as manhãs. O resto ficava a encargo de Horbury.

— Então Horbury seria a pessoa com as melhores oportunidades? — perguntou Poirot.

— Seria.

— A senhora acha, então, que ele roubou os diamantes?

— É possível. Suponho... Era quem tinha as melhores chances. Oh! Nem sei o que pensar.

— Seu marido fez o relato do que houve esta noite — disse o coronel Johnson. — A senhora poderia fazer o mesmo? Quando viu seu sogro pela última vez?

— Estivemos todos em seu quarto à tarde. Antes do chá. Foi a última vez que o vi.

— Não o viu depois para lhe dar boa-noite?

— Não.

— A senhora tinha o hábito de ir dar-lhe boa-noite? — perguntou Poirot.

— Não — disse Lydia com firmeza.

— Onde a senhora estava no momento do crime? — perguntou o chefe de polícia.

— Na sala de estar.

— Ouviu o barulho da luta?

— Acho que ouvi uma coisa pesada cair. É claro que, sendo o quarto de meu sogro em cima da sala de jantar, e não da sala de estar, não poderia ouvir muita coisa.

— Mas ouviu o grito?

Lydia estremeceu.

— Ouvi, isso eu ouvi... Foi horrível... como... como uma alma no inferno. Percebi imediatamente que acontecera algo tenebroso. Saí correndo e subi as escadas atrás de Alfred e Harry.

— Quem mais estava na sala de estar naquele momento?

Lydia franziu a testa.

— Eu... não me lembro. David estava ao lado, na sala de música, tocando Mendelssohn. Acho que Hilda fora juntar-se a ele.

— E as outras duas senhoras?

Lydia respondeu lentamente:

— Magdalene fora telefonar. Não me lembro se tinha voltado ou não. Não sei onde Pilar estava.

Poirot sugeriu gentilmente:

— Na verdade, talvez a senhora estivesse sozinha na sala de estar?

— Sim... sim... na verdade acho que estava.

— Quanto aos diamantes — disse o coronel Johnson. — Deveríamos, acho eu, esclarecer tudo a respeito deles. O senhor conhece a combinação do cofre de seu pai, sr. Lee? Vi que é de um modelo antigo.

— O senhor encontrará o segredo num caderninho que ele trazia no bolso do roupão.

— Ótimo. Vamos ver daqui a pouco. Seria melhor entrevistarmos as outras pessoas primeiro. As senhoras talvez queiram ir deitar-se.

Lydia levantou-se.

— Venha, Alfred. — Voltou-se para eles. — Quer que lhes peça para entrar?

— Um a um, por favor, sra. Lee.

— Pois não.

Encaminhou-se para a porta. Alfred seguiu-a.

Subitamente, no último minuto, ele se virou.

— É claro — disse. Voltou rapidamente até Poirot. — O senhor é Hercule Poirot! Não sei onde estava com a cabeça. Devia ter me lembrado logo.

Falava rápido, em voz baixa e agitada.

— É uma dádiva de Deus o senhor estar aqui! O senhor tem de descobrir a verdade, Monsieur Poirot. Não meça as despesas! Ficarei responsável por quaisquer gastos. *Mas descubra*... Meu pobre pai... assassinado... assassinado com requintes de brutalidade! O senhor *tem* de descobrir, Monsieur Poirot. Meu pai precisa ser vingado.

Poirot respondeu calmamente:

— Posso assegurar-lhe, sr. Lee, que estou pronto a fazer todo o possível para assessorar o coronel Johnson e o superintendente Sugden.

— Quero que o senhor trabalhe para *mim* — enfatizou Alfred Lee. — Meu pai precisa ser vingado.

Começou a tremer violentamente. Lydia voltara. Aproximou-se dele e pegou-lhe o braço, prendendo-o ao dela.

— Vamos, Alfred — falou. — Precisamos chamar os outros.

Os olhos dela encontraram-se com os de Poirot. Eram olhos que guardavam seus próprios segredos. Não pestanejavam.

Poirot falou baixinho:

— *"Quem jamais poderia imaginar que aquele velho..."*

Ela interrompeu-o:

— Pare! Não diga isso!

Poirot murmurou:

— A *senhora* disse isso, Madame.

Ela respirou de leve:

— Eu sei... eu me lembro... Foi... tão horrível.

Depois saiu abruptamente da sala, ao lado do marido.

IX

George Lee era formal e correto.

— Uma coisa terrível — disse ele, balançando a cabeça. — Uma coisa terrível, terrível. Só consigo imaginar que tenha sido trabalho de um... um *louco*!

— É esta sua teoria? — perguntou educadamente o coronel Johnson.

— É. É esta sim. Um maníaco homicida. Foragido, talvez, de algum hospício das redondezas.

O superintendente Sugden falou:

— E como o senhor sugere que esse... bem... esse louco tenha entrado na casa, sr. Lee? E como saiu?

George balançou a cabeça.

— Isso — disse com firmeza — cabe à polícia descobrir.

— Fizemos a ronda na casa imediatamente — explicou Sugden. — Todas as janelas estavam fechadas e trancadas. A porta do lado estava fechada, bem como a da frente. Ninguém poderia ter saído pelos fundos sem ser visto pelo pessoal da cozinha.

— Mas isso é um absurdo! — gritou George Lee. — Agora só falta vocês dizerem que meu pai não foi assassinado!

— Ele foi assassinado, sim — disse o superintendente Sugden. — Não há dúvida quanto a isso.

O chefe de polícia pigarreou e assumiu o interrogatório.

— Onde se encontrava, sr. Lee, no momento do crime?

— Estava na sala de jantar. Foi logo depois do jantar. Não, eu estava, se não me engano, nesta sala aqui. Tinha acabado de telefonar.

— Esteve telefonando?

— Estive. Fiz uma ligação para um membro do Partido Conservador em Westeringham. Meu distrito eleitoral. Assuntos urgentes.

— E foi depois disso que ouviu o grito?

George Lee estremeceu de leve.

— Sim. Foi muito desagradável. Senti um frio na espinha. E o grito terminou como que sufocado, ou engasgado.

Pegou um lenço e enxugou o suor que lhe brotara na testa.

— Uma coisa terrível — murmurou.

— E depois subiu correndo?

— Subi.

— Viu seus irmãos, o sr. Alfred e o sr. Harry Lee?

— Não, acho que subiram pouco antes de mim.

— Quando viu seu pai pela última vez, sr. Lee?

— Hoje à tarde. Estivemos todos com ele.

— Não o viu depois disso?

— Não.

O chefe de polícia fez uma pausa e perguntou:

— O senhor tinha conhecimento de que seu pai guardava alguns diamantes brutos, mas valiosos, no cofre de seu quarto?

George Lee assentiu.

— Um procedimento insensato — observou ele, pomposamente. — Sempre lhe falava sobre isso. Talvez tenha sido assassinado por causa deles... quer dizer... ou seja...

O coronel Johnson interrompeu-o:

— O senhor sabe que essas pedras desapareceram?

O queixo de George caiu. Seus olhos protuberantes se arregalaram.

— Então ele *foi* assassinado por causa delas?

O chefe de polícia falou lentamente:

— Ele sabia do desaparecimento e relatou-o à polícia poucas horas antes de morrer.

— Mas, então, eu... não entendo, eu... — gaguejou George Lee.

Hercule Poirot falou gentilmente:

— Nós, também, não entendemos...

X

Harry Lee entrou na sala com arrogância. Por um instante, Poirot examinou-o, com a testa franzida. Tinha a impressão de já ter visto aquele homem em algum lugar. Analisou os traços: o nariz aquilino, a postura arrogante da cabeça, a linha do maxilar; e percebeu que, embora Harry fosse um homem corpulento e seu pai apenas um homem de estatura mediana, ainda assim havia muita semelhança entre ambos.

E observou mais uma coisa também. Apesar da atitude arrogante, Harry Lee estava nervoso. Tentava disfarçar com gingados do corpo, mas a ansiedade que havia por baixo era real.

— Muito bem, cavalheiros — disse. — O que lhes posso dizer?

— Ficaríamos satisfeitos se o senhor pudesse esclarecer alguma coisa sobre os acontecimentos desta noite — disse o coronel Johnson.

Harry Lee balançou a cabeça.

— Não sei absolutamente de nada. É tudo muito horrível e inesperado.

— O senhor voltou do exterior há pouco, creio eu, não, sr. Lee? — perguntou Poirot.

Harry virou-se rapidamente para ele.

— Exato. Cheguei à Inglaterra uma semana atrás.

— Esteve viajando por muito tempo? — prosseguiu Poirot.

Harry Lee levantou o queixo e riu.

— É melhor que o senhor saiba tudo logo de uma vez. Alguém há de lhe contar mesmo! Eu sou o filho pródigo, cavalheiros! Faz quase vinte anos que botei o pé nesta casa pela última vez.

— Mas voltou... agora. Poderia dizer-nos por quê? — perguntou Poirot.

Com a mesma franqueza aparente, Harry respondeu sem vacilar.

— É ainda a velha parábola. Cansei-me das palhas de milho que os suínos comem... ou não comem, tanto faz. Pensei comigo mesmo que um banquete de recepção seria uma boa troca. Recebi uma carta de meu pai sugerindo que voltasse para casa. Obedeci à convocação e voltei. É só.

— Veio para uma visita breve... ou longa? — perguntou Poirot.

— Voltei para casa. Para sempre!

— Seu pai assim o queria?

— O velho ficou encantado. — Riu de novo. Os cantos de seus olhos formaram pequenas rugas simpáticas. — Era muito chato para o velho morar aqui só com Alfred! Alfred é um chato de galochas. Muito honrado e tudo, mas péssimo companheiro. Meu pai foi um tanto farrista na mocidade. Aguardava com ansiedade minha companhia.

— E seu irmão e a mulher, eles ficaram satisfeitos com sua chegada definitiva?

Poirot fez a pergunta erguendo ligeiramente as sobrancelhas.

— Alfred? Alfred ficou passado de ódio. Quanto a Lydia, não sei. Talvez tenha ficado aborrecida por conta de Alfred. Mas não tenho a menor dúvida de que, no final, ficaria satisfeita. Gosto de Lydia. É uma mulher encantadora. Eu me daria bem com Lydia. Mas Alfred são outros quinhentos. — Riu de novo. — Alfred sempre sentiu um ciúme infernal de mim. Ele sempre foi o filho dedicado, caseiro e bonzinho. E, no final, o que receberia em troca disso tudo? O que o filhinho bonzinho da família sempre recebe: um chute no traseiro. Podem acreditar em mim, cavalheiros, a virtude não compensa. — Olhou os rostos, um a um. — Espero que não estejam chocados com minha franqueza. Afinal de contas, vocês procuram a verdade. No final, vão acabar mostrando todos os podres da família em plena luz do dia. É melhor, então, que eu mostre os meus logo de uma vez. Não estou particularmente desesperado com a morte de meu pai. Afinal de contas, não o via desde garoto. Mas, apesar disso, ele era meu pai e foi assassinado. Estou disposto a vingar o assassínio. — Acariciou o maxilar, examinando-os. — Somos um tanto esquentados em nossa família. Principalmente em questão de vingança. Nenhum dos Lee esquece facilmente. E com isso quero dizer que só descansarei quando o assassino de meu pai for preso e enforcado.

— Acho que pode confiar em nós para isso, sr. Lee — disse Sugden.

— Se não conseguirem, farei a lei com minhas próprias mãos — disse Harry Lee.

— Tem alguma idéia, então, da identidade do assassino, sr. Lee? — perguntou incisivamente o chefe de polícia.

Harry balançou a cabeça.

— Não — respondeu lentamente. — Não, não tenho. Vocês podem imaginar o choque. Pois, eu estive pensando... e não vejo como possa ter sido alguém de fora...

— Ah — disse Sugden, balançando afirmativamente a cabeça.

— E, neste caso — prosseguiu Harry Lee —, alguém daqui desta casa o matou... Mas quem, diabos, poderia ter sido? Não consigo suspeitar dos criados. Tressilian está aqui desde o primeiro ano. O lacaio abobalhado? De maneira alguma. Horbury? Bem, Horbury é um sujeito frio, mas Tressilian disse-me que ele tinha ido ao cinema. Então, a que chegamos? Passando por Stephen Farr (e por que, diabos, Stephen Farr viria lá da África do Sul matar um homem totalmente estranho?), resta apenas a família. E, palavra de honra, não consigo imaginar nenhum de nós fazendo uma coisa dessas.

Alfred? Ele adorava papai. George? Esse não tem coragem. David? David sempre viveu no mundo da lua. Desmaiaria se visse seu próprio dedo sangrar. As mulheres? As mulheres não costumam cortar o pescoço de um homem a sangue-frio. Então quem foi? Antes eu soubesse. Mas é terrivelmente intrigante.

O coronel Johnson pigarreou, um hábito oficial seu, e disse:

— Quando viu seu pai pela última vez?

— Depois do chá. Ele acabara de ter uma discussão com Alfred, sobre este seu humilde criado. O velho não cansava de provocar os outros. Sempre gostava de criar problemas. Em minha opinião, foi por isso que escondeu dos outros minha chegada. Queria ver a casa cair quando eu aparecesse de repente! E foi por isso que falou em mudar o testamento, também.

Poirot mexeu-se de leve. Murmurou:

— Então seu pai mencionou o testamento?

— Falou. Diante de todos nós, observando como um felino, para ver como reagiríamos. Apenas pediu ao advogado que viesse aqui para conversarem sobre o testamento depois do Natal.

— E que mudanças pretendia fazer? — perguntou Poirot.

Harry Lee riu:

— Ele não nos disse! Era uma raposa velha! Eu imagino, ou, melhor dizendo, esperava, que a mudança fosse vantajosa para este seu humilde criado! Imagino que ele tenha me excluído de seus testamentos anteriores. Agora, suponho, eu voltaria a ser incluído. Um golpe meio violento para os outros. Pilar também. Ele se tomara de encantos por ela. Suponho que ela também seria beneficiada. Ainda não a viram? Minha sobrinha espanhola. É uma bela criatura, a Pilar. Com o calor agradável do Sul... e sua crueldade. Antes eu não fosse seu tio!

— O senhor disse que seu pai encantou-se por ela?

Harry assentiu.

— Ela sabia lidar com o velho. Ficava com ele durante longas horas. Aposto que sabia exatamente o que queria! Bem, agora ele está morto. Nenhum testamento pode ser alterado em favor de Pilar. Ou, pior, em meu favor.

Ele franziu a testa, fez uma ligeira pausa e prosseguiu, mudando de tom:

— Mas estou fugindo do assunto. Vocês queriam saber quando vi meu pai pela última vez? Como já disse, foi depois do chá. Deve ter sido pouco depois das dezoito horas. O velho estava de bom humor... um pouco cansado, talvez. Saí e deixei-o com Horbury. Não o vi mais depois disso.

— Onde o senhor estava na hora do crime?

— Na sala de jantar com meu irmão Alfred. Não foi uma sessão nada harmoniosa. Estávamos no meio de uma discussão muito acirrada quando ouvimos o barulho lá em cima. Parecia que havia dez homens brigando. E depois o pobre velho gritou. Como se estivessem matando um porco. Alfred ficou paralisado, e só conseguiu continuar lá sentado, de queixo caído. Sacudi-o para trazê-lo de volta à realidade e subimos depressa. A porta estava trancada. Foi preciso arrombá-la. Deu um certo trabalho, também. Como aquela porta estava trancada é que eu não consigo imaginar! Não havia ninguém no quarto além de papai. E raios me partam se alguém conseguiu escapar pelas janelas.

— A porta foi trancada pelo lado de fora — disse o superintendente Sugden.

— O quê? — Harry arregalou os olhos. — Mas eu poderia jurar que a chave estava do lado de *dentro*.

— Então o senhor notou isso? — murmurou Poirot.

— Eu observo as coisas — retrucou Harry Lee com firmeza. — É um hábito meu.

Olhou diretamente de um rosto para o outro.

— Alguma coisa mais que desejam saber, cavalheiros?

Johnson balançou a cabeça.

— Obrigado, sr. Lee, por enquanto não. O senhor poderia chamar o próximo membro da família?

— Pois não.

Dirigiu-se até a porta e saiu sem olhar para trás.

Os três homens entreolharam-se.

— O que acha, Sugden? — perguntou Johnson.

O superintendente balançou a cabeça, com ar de dúvida.

— Ele tem medo de alguma coisa. Gostaria de saber de quê...

XI

Magdalene Lee deu uma parada de efeito na porta. Uma mão longa e esguia tocou o brilho platinado de seus cabelos. O manto de veludo verde-folha realçava suas linhas delicadas. Parecia muito jovem e um pouco assustada.

Os três homens ficaram estarrecidos, por um breve momento, olhando-a. Os olhos de Johnson demonstravam súbita admiração. Os do superintendente Sugden não demonstravam animação, apenas a impaciência de um homem ansioso para prosseguir em sua tarefa. Os olhos de Hercule Poirot também mostravam profunda admiração (ela o percebeu), mas não era por sua beleza, e sim pelo uso que fazia dela. Ela não sabia que ele estava pensando: *"Jolie mannequin, la petite. Mais elle a les yeux durs."*

O coronel Johnson pensava: "Bonita como o diabo, essa moça. George Lee vai ter trabalho com ela se não tomar cuidado. Sabe olhar os homens."

O superintendente Sugden pensava: "Artigo supérfluo e fútil. Espero que logo nos livremos dela."

— Sente-se, por favor, sra. Lee. Vejamos, a senhora é...?

— Sra. George Lee.

Aceitou a cadeira com um sorriso simpático de agradecimento. "Afinal de contas" — parecia dizer seu olhar — "embora o senhor *seja* um homem e policial, não é tão terrível assim".

O cantinho do sorriso incluía Poirot. Os estrangeiros eram tão suscetíveis no que dizia respeito a mulheres. Não se incomodou com o superintendente Sugden.

Ela murmurou, torcendo as mãos em visível sofrimento:

— É tudo tão terrível. Estou com tanto medo.

— Calma, calma, sra. Lee — disse o coronel Johnson com bondade, mas firmeza. — Foi um choque, eu sei, mas já acabou tudo. Apenas queríamos seu relato do que aconteceu esta noite.

— Mas eu não sei de nada — gritou ela —, não sei mesmo.

Os olhos do chefe de polícia se estreitaram. Ele falou gentilmente:

— Não, claro que não.

— Nós chegamos aqui ontem. George *queria* que eu viesse passar o Natal aqui! Antes não tivéssemos vindo. Tenho certeza de que nunca mais serei a mesma!

— Muito desagradável, sim.

— Eu mal conheço a família de George, o senhor entende? Só vi o sr. Lee uma ou duas vezes: em nosso casamento e mais outra vez. É claro que vi Alfred e Lydia mais vezes, mas todos são estranhos para mim.

Outra vez o olhar arregalado de criança assustada. Outra vez os olhos de Poirot demonstravam admiração, e outra vez pensava consigo: *"Elle joue très bien la comédie, cette petite..."*

— Sei, sei — disse o coronel Johnson. — Agora diga-me quando viu seu sogro, o sr. Lee, vivo pela última vez.

— Oh, *isso*! Foi hoje à tarde. Foi horrível!

— Horrível? Por quê? — perguntou Johnson rapidamente.

— Estavam tão zangados!

— Quem estava zangado?

— Oh, todos eles... Quero dizer, George não. O pai não lhe disse nada. Mas todos os outros.

— O que aconteceu, exatamente?

— Bem, quando chegamos lá (ele chamou todos nós) ele estava ao telefone, falando com o advogado sobre o testamento. E depois disse a Alfred que ele parecia muito triste. Eu acho que era porque Harry ia morar aqui. Alfred ficou muito perturbado com isso, imagino. Harry fez coisas horrorosas. Depois falou qualquer coisa a respeito de sua mulher (ela já morreu há muito tempo) que tinha cérebro de amendoim, ele disse, e David deu um pulo como se quisesse matá-lo. Oh! — ela parou bruscamente, alarmada. — Eu não quis dizer *isso*... não quis mesmo!

— Um modo de falar, nós sabemos — disse o coronel Johnson para acalmá-la.

— Hilda, a mulher de David, tranqüilizou-o e... bem, acho que foi só. O sr. Lee disse que não queria ver mais ninguém aquela noite. Então saímos todos.

— E essa foi a última vez que o viu?

— Foi. Até... até...

Ela estremeceu.

— Sei, sei — disse o coronel Johnson. — Agora, onde a senhora estava na hora do crime?

— Oh, deixe-me ver. Acho que estava na sala de estar.

— Não tem certeza?

Os olhos de Magdalene tremeram um pouco sob as pálpebras descidas.

— Claro! — disse ela. — Que bobagem a minha... Tinha ido telefonar. A gente fica tão confusa.

— A senhora estava telefonando. Nesta sala?

— Sim, é o único telefone, com exceção do de lá de cima, no quarto de meu sogro.

— Havia mais alguém com a senhora nesta sala? — perguntou Sugden.

Os olhos dela se abriram.

— Oh, não, eu estava sozinha.

— Estava aqui há muito tempo?

— Bem, um pouco. Às vezes demora um pouco fazer uma ligação à noitinha.

— Era uma chamada interurbana então?

— Era, para Westeringham.

— Sei.

— E depois?

— Depois foi aquele grito pavoroso... e todo mundo correndo... e a porta trancada, tendo que ser arrombada. Oh! Parecia um *pesadelo*! Nunca vou me esquecer!

— Não, não — o tom de voz do coronel Johnson foi mecanicamente bondoso. Ele prosseguiu: — A senhora sabia que seu sogro guardava alguns diamantes valiosos no cofre?

— Não. É mesmo? — Seu tom de voz foi nitidamente excitado. — Diamantes de verdade?

— Diamantes no valor de dez mil libras — esclareceu Poirot.

— Oh!

Foi o som de um suspiro suave, encerrando em si a essência da cupidez feminina.

— Bem — disse o coronel Johnson. — Acho que é só no momento. Não vamos aborrecê-la mais, sra. Lee.

— Ah, obrigada.

Ela se levantou, sorriu de Johnson para Poirot, o sorriso de uma menininha agradecida, e saiu de cabeça erguida e com as palmas das mãos um pouco voltadas para fora.

— A senhora poderia pedir a seu cunhado, o sr. David Lee, que venha até aqui?

O coronel Johnson fechou a porta e voltou para a mesa.

— Bem — disse ele —, o que acham? Estamos chegando lá! Vejam só uma coisa: George Lee estava telefonando quando ouviu o grito! A mulher dele também estava telefonando no mesmo momento! Não se encaixa. Não se encaixa mesmo.

E acrescentou:

— O que acha, Sugden?

O superintendente falou devagar:

— Não gostaria de faltar ao respeito com aquela senhora, mas diria que, ao mesmo tempo que ela é do tipo que não vacila em tirar dinheiro de um homem, não me parece ser do tipo de cortar o pescoço de um velho. Não faz seu gênero.

— Ah, mas nunca se sabe, *mon vieux* — murmurou Poirot.

O chefe de polícia voltou-se para ele.

— E você, Poirot, o que acha?

Hercule Poirot inclinou-se para a frente. Ajeitou o mata-borrão que estava diante dele e espanou o pozinho de um candelabro.

— Eu diria que o caráter do finado sr. Lee começa a ficar claro para nós. É aí, creio eu, que reside toda a importância do caso... no caráter do morto.

O superintendente Sugden olhou-o com uma expressão confusa.

— Não entendi muito bem, sr. Poirot. O que tem o caráter do falecido exatamente a ver com o crime?

Poirot respondeu enigmaticamente:

— O caráter da vítima sempre tem algo a ver com seu assassinato. A mente franca e inocente de Desdêmona foi a causa direta de sua morte. Uma mulher mais desconfiada teria percebido as maquinações de Iago e contornado-as muito antes. As impurezas de Marat conduziram-no diretamente para seu fim na banheira. Do temperamento de Mercucio adveio sua morte na ponta de uma espada.

O coronel Johnson puxou o bigode.

— Aonde está querendo chegar, exatamente, Poirot?

— Estou dizendo que, pelo tipo de homem que era Simeon Lee, ele punha em movimento certas forças que, no final, provocaram sua morte.

— Você acha, então, que os diamantes nada têm a ver?

Poirot sorriu diante da perplexidade sincera do rosto de Johnson.

— *Mon cher*, exatamente devido ao caráter peculiar de Simeon Lee é que ele guardava dez mil libras, em diamantes brutos, em seu cofre! Esta não seria uma atitude comum entre os homens.

— Lá isso é verdade, sr. Poirot — disse o superintendente Sugden, balançando a cabeça com o ar de um homem que finalmente percebe aonde seu interlocutor quer chegar. — Era um homem muito esquisito, o sr. Lee. Guardava essas pedras para que pudesse manuseá-las e ter as sensações do passado. Vai ver que foi por isso que nunca mandou lapidá-las.

Poirot assentiu energicamente.

— Precisamente, precisamente. Percebo que o senhor tem grande tino, superintendente.

O superintendente ficou em dúvida quanto ao elogio, mas o coronel Johnson atalhou:

— Tem mais uma coisa, Poirot. Não sei se chamou sua atenção...

— *Mais oui* — disse Poirot. — Sei o que vai dizer. A sra. George Lee revelou mais coisas do que ela mesma percebeu! Deu-nos uma bela idéia da última reunião da família. E sugeriu... oh! tão ingenuamente... que Alfred estava zangado com o pai, e que David "parecia que ia matá-lo". As duas coisas, acho eu, são verdadeiras. Mas, a partir delas, podemos fazer nossa própria reconstituição. Para que Simeon Lee reuniu a família? Por que deveriam chegar a tempo de ouvi-lo falar com o advogado ao telefone? *Parbleu*, isso não foi por engano. Ele *queria* que todos ouvissem! Pobre velho, preso numa cadeira, tendo perdido todas as diversões da juventude, inventou uma nova para si. Passou a brincar com a cupidez e a ganância da natureza humana... sim, e com suas paixões e emoções também! Mas daí surge uma dedução mais profunda. Em seu jogo de provocar a cupidez e emoção dos filhos, não omitiria ninguém. Ele deve, lógica e necessariamente, ter provocado o sr. George Lee tanto quanto os outros! Sua esposa, cuidadosamente, silenciou isso. E contra ela, também, ele deve ter lançado uma ou duas flechas envenenadas. Nós descobriremos, espero, através dos outros, o que Simeon Lee tinha a dizer a George Lee e sua mulher...

Foi interrompido. A porta se abriu e David Lee entrou.

XII

David Lee tinha total domínio de si mesmo. Sua conduta era calma — quase absurdamente calma. Aproximou-se deles, puxou uma cadeira e sentou-se, olhando com ar grave e inquisidor para o coronel Johnson.

A luz elétrica clareava os cabelos louros de sua testa, realçando as linhas sensíveis de seus molares. Parecia absurdamente jovem para ser filho daquele velho acabado que jazia morto no andar de cima.

— Pois não, cavalheiros, em que lhes posso ser útil?

— Soubemos, sr. Lee — disse o coronel Johnson —, que houve uma espécie de reunião de família no quarto de seu pai hoje à tarde.

— Houve. Mas foi muito informal. Quer dizer, não foi nenhum conselho de família ou algo no gênero.

— O que ocorreu lá?

David Lee respondeu calmamente:

— Meu pai andava com um temperamento difícil. Era velho e estava inválido. É claro que devemos dar os devidos descontos. Ele parece ter nos reunido para... bem, para extravasar seu rancor por nós.

— Lembra-se do que ele disse?

David prosseguiu, com a mesma calma:

— Foi tudo uma grande bobagem. Disse que nenhum de nós prestava. Nenhum de nós. Que não havia um só homem na família! Disse que Pilar (minha sobrinha espanhola) valia por dois de nós, juntos. Disse também... — David parou.

— Por favor, sr. Lee, as palavras exatas, se possível — pediu Poirot.

David respondeu com relutância:

— Falou de maneira muito vulgar. Disse esperar que, em algum lugar do mundo, tivesse filhos melhores, mesmo que fossem bastardos...

Seu rosto sensível demonstrou o desprazer em repetir tais palavras. O superintendente Sugden levantou a vista, subitamente alerta. Inclinando-se para a frente, perguntou:

— Seu pai disse alguma coisa em particular para seu irmão, o sr. George Lee?

— Para George? Não me lembro. Ah, sim, acho que disse a George que ele teria que reduzir as despesas no futuro; seria obrigado a diminuir sua mesada. George ficou muito abalado, vermelho como um pimentão. Gaguejou e argumentou que não seria possível viver com menos. Meu pai disse friamente que ele teria de dar um jeito. Disse que talvez a mulher pudesse ajudá-lo a economizar. Foi uma alfinetada e tanto. George sempre foi o mais econômico, guarda todos os centavos. Magdalene, creio eu, é um pouco perdulária... tem gostos extravagantes.

— E ela também ficou aborrecida? — perguntou Poirot.

— Ficou. Além disso, meu pai mencionou outra coisa de maneira muito cruel. Disse que ela vivera com um oficial da Marinha. É claro que ele se referia ao pai dela, mas soou um tanto ambíguo. Magdalene ficou ruborizadíssima. Também, não foi para menos.

— Seu pai mencionou a falecida esposa, sua mãe? — perguntou Poirot.

O sangue fluiu em ondas às têmporas de David. As mãos, ligeiramente trêmulas, agarraram a mesa diante dele.

Respondeu com a voz grave e sufocada:

— Sim, mencionou. Ele a insultou.

— O que foi que ele disse? — perguntou o coronel Johnson.

— Não me lembro — respondeu David bruscamente. — Apenas um comentário desairoso.

— Sua mãe morreu há muito tempo? — perguntou Poirot em voz baixa.

— Morreu quando eu era garoto.

— Talvez não tenha tido uma vida muito feliz aqui, não?

David deu uma risada de escárnio:

— Quem poderia ser feliz com um homem como meu pai? Minha mãe era uma santa. Morreu de coração partido.

— Seu pai sofreu muito com a morte dela? — prosseguiu Poirot.

— Não sei. Eu saí de casa. — Fez uma pausa e depois disse: — Talvez os senhores não tenham sido alertados para o fato de que, antes desta visita, eu não via meu pai há quase vinte anos. Então, podem perceber que não tenho muito o que contar de seus hábitos, seus inimigos, ou do que aconteceu de lá para cá.

— O senhor sabia que seu pai guardava alguns diamantes valiosos no cofre em seu quarto? — perguntou o coronel Johnson.

David respondeu com indiferença:

— Guardava? Que coisa mais idiota.

— Poderia descrever, em poucas palavras, seus próprios movimentos esta noite? — pediu Johnson.

— Os meus? Bem, saí da mesa de jantar o mais rápido possível. Não me agrada ficar sentado, tomando vinho do Porto. Além disso, notei que Alfred e Harry iam acabar discutindo. Detesto discussões. Saí e fui para a sala de música tocar piano.

— A sala de música é contígua à de estar, não é? — perguntou Poirot.

— É. Toquei durante certo tempo... até... até que a coisa aconteceu.

— O que ouviu, exatamente?

— Oh! Um barulho distante de móveis caindo no andar de cima. E depois um grito pavoroso. — Ele apertou as mãos novamente. — Como uma alma no inferno. Meu Deus, foi horrível!

— O senhor estava sozinho na sala de música? — perguntou Johnson.

— Hein? Não, minha mulher, Hilda, estava comigo. Tinha vindo da sala de estar. Nós... nós subimos com os outros. — E acrescentou depressa, nervosamente: — Os senhores não querem que eu descreva o que... o que vi lá, querem?

— Não, não é necessário — disse o coronel Johnson. — Obrigado, sr. Lee, é só. O senhor não faz idéia de quem teria motivos para assassinar seu pai?

David Lee respondeu, impaciente:

— Eu diria que... muita gente! Mas não sei de ninguém especificamente.

Foi-se embora rapidamente, batendo a porta ao sair.

XIII

O coronel Johnson mal teve tempo de pigarrear quando a porta se abriu de novo e Hilda Lee entrou.

Hercule Poirot olhou-a com interesse. Era obrigado a admitir que as mulheres escolhidas pelos Lee dariam um estudo interessante. O raciocínio rápido, a graça esguia de Lydia; os ares e graças vulgares de Magdalene, e agora a firmeza sólida e acolhedora de Hilda. Percebeu que ela era mais jovem do que aparentava com o penteado fora de moda e o vestido antiquado. Seus cabelos castanhos, ainda sem mesclas grisalhas, e os olhos firmes, também castanhos, incrustados no rosto atarracado, destacavam-se como sinalizadores de bondade. Era, em suma, uma mulher simpática.

O coronel Johnson falava em seu tom mais amável.

— ... Um grande desgaste para todos vocês — dizia ele. — De acordo com seu marido, sra. Lee, esta é a primeira vez que a senhora vem a Gorston Hall.

Ela assentiu com um gesto de cabeça.

— A senhora já conhecia seu sogro?

Hilda respondeu com sua voz agradável:

— Não. Nós nos casamos logo que David saiu de casa. Ele nunca quis manter contato com a família. Até agora, não tínhamos visto nenhum deles.

— Como, então, surgiu esta visita?

— Meu sogro escreveu para David. Enfatizou sua idade e o desejo de passar o Natal com todos os filhos.

— E seu marido atendeu ao pedido?

— A aceitação — disse Hilda — foi muito por minha influência. Eu... não compreendi bem a situação.

— A senhora se incomodaria de explicar-se mais claramente? — interrompeu Poirot. — Acho que o que a senhora tem a dizer pode ser de grande valor para nós.

Ela voltou-se para ele imediatamente.

— Até então, eu nunca tinha visto meu sogro. Não imaginava qual era seu verdadeiro motivo. Supus que estivesse velho e sozinho e que realmente quisesse reconciliar-se com todos os filhos.

— E qual era o verdadeiro motivo, em sua opinião, Madame?

Hilda hesitou por um breve momento. Depois respondeu devagar:

— Não tenho dúvida... a menor dúvida... de que meu sogro realmente não desejava a paz, e sim promover discórdia.

— De que maneira?

— Ele se divertia — disse Hilda em voz baixa — provocando os piores instintos da natureza humana. Havia nele... como direi?... uma espécie de artimanha diabólica. Queria semear a discórdia entre os membros da família.

— E conseguiu? — perguntou Johnson incisivamente.

— Oh, sim. Conseguiu.

— Fomos informados, Madame, de uma cena que se passou hoje à tarde — disse Poirot. — Foi, imagino eu, uma cena um tanto violenta.

Ela confirmou com a cabeça.

— A senhora poderia descrevê-la... com a maior exatidão possível, por favor?

Ela refletiu por um minuto.

— Quando chegamos ao quarto dele, meu sogro estava telefonando.

— Para o advogado, não?

— Sim, ele pedia que o sr... Charlton, se não me engano, não me lembro bem do nome, viesse até aqui porque ele, meu sogro, queria fazer um novo testamento. Disse que o antigo estava muito ultrapassado.

— Preste atenção, Madame — disse Poirot. — Em sua opinião, seu sogro quis deliberadamente que todos ouvissem a conversa, ou foi por mera *casualidade* que vocês ouviram?

— Tenho quase certeza de que ele quis que ouvíssemos.

— Com o objetivo de fomentar dúvidas e suspeitas entre vocês?

— Sim.

— É possível, então, que ele talvez nem quisesse alterar seu testamento?

Hilda discordou.

— Não, acho que, em parte, ele dizia a verdade. É possível que quisesse, de fato, fazer um novo testamento. Mas se divertia em realçar o fato.

— Madame — disse Poirot —, não estou aqui em função oficial e minhas perguntas, talvez, não sejam as mesmas que faria um representante da lei deste país. Mas tenho grande interesse em saber que forma, em sua opinião, teria esse novo testamento. Minha pergunta, a senhora bem o percebe, não se refere a fatos de seu conhecimento, mas gostaria de ouvir sua opinião. *Les femmes*, elas nunca demoram a formar uma opinião. *Dieu merci.*

Hilda Lee sorriu um pouco.

— Não me importo em dizer o que penso. A irmã de meu marido, Jennifer, casou-se com um espanhol, Juan Estravados. A filha deles, Pilar, acabara de chegar. É uma moça encantadora. E também, é claro, a única neta da família. O velho sr. Lee ficou fascinado por ela. Gostou muito dela. Em minha opinião, pretendia deixar-lhe uma quantia razoável em seu novo testamento. É possível que, pelo velho testamento, apenas lhe coubesse pouca coisa, ou mesmo nada.

— A senhora conheceu sua cunhada?

— Não, nunca a vi. O marido dela, se não me engano, morreu em circunstâncias trágicas logo após o casamento. Jennifer morreu há um ano. Pilar ficou órfã. Foi por isso que o sr. Lee escreveu-lhe para que viesse morar com ele aqui na Inglaterra.

— E os outros membros da família, eles receberam bem a vinda dela?

— Acho que todos gostaram dela — respondeu Hilda com tranqüilidade. — Era muito agradável ter alguém jovem e cheia de vida nesta casa.

— E ela? Parecia satisfeita por estar aqui?

— Não sei — disse Hilda lentamente. — Deve ser frio e estranho para uma moça criada no Sul... na Espanha.

— Não deve ser muito agradável viver na Espanha neste momento — disse Johnson. — Agora, sra. Lee, gostaríamos de ouvir seu relato sobre a conversa desta tarde.

— Desculpem-me — murmurou Poirot. — Eu provoquei a digressão.

— Depois que meu sogro acabou de falar ao telefone — disse Hilda —, olhou para todos nós e disse que parecíamos tristes. Depois disse que estava cansado e que se recolheria cedo. Ninguém precisava ir vê-lo à noite. Disse que queria estar em forma no dia de Natal. Qualquer coisa assim. Depois... — Hilda franziu a testa, num esforço de memória — acho que falou da necessidade de se pertencer a uma família numerosa para se apreciar o Natal, e começou a falar de dinheiro. Disse que, a partir daquele momento, a manutenção da casa seria mais dispendiosa. Disse a George e a Magdalene que teriam de economizar. Disse a Magdalene que ela mesma teria de fazer suas roupas. Uma idéia um tanto antiquada, penso eu. Não me surpreende que a tenha aborrecido. Disse que sua própria mulher era hábil com a agulha.

— Foi tudo que disse a respeito dela? — indagou Poirot com delicadeza.

Hilda enrubesceu.

— Fez um comentário depreciativo sobre sua inteligência. Meu marido era muito apegado à mãe e isso o perturbou demais. E depois, de repente, o sr. Lee começou a gritar com todos nós. Ficou extremamente agitado. Até posso entender como ele se sentia...

— Como ele se sentia? — interrompeu-a Poirot, delicadamente.

Ela dirigiu a ele um olhar tranqüilo.

— Estava desapontado, é claro. Porque não tinha netos... nenhum menino, melhor dizendo... nenhum Lee para perpetuar o nome. Imagino que ele tenha remoído isso durante muito tempo. E, de repente, não conseguiu mais se conter e despejou sua raiva contra os filhos, dizendo que eram um bando de fracotes covardes... ou algo do gênero. Senti pena dele, naquela hora, pois percebi o quanto seu orgulho estava ferido.

— E depois?

— Depois — disse Hilda lentamente —, saímos todos.

— Foi a última vez que o viu?

Ela confirmou com a cabeça.

— Onde a senhora se encontrava na hora do crime?

— Estava com meu marido na sala de música. Ele tocava para mim.

— Então?

— Ouvimos mesas e cadeiras caindo, louça quebrando... uma luta horrível. E depois aquele grito horroroso quando cortaram sua garganta...

— Foi um grito horrível assim? — perguntou Poirot. — Foi... "como uma alma no inferno"?

— Pior que isso! — exclamou Hilda Lee.

— Pior como, Madame?

— Foi como o de uma pessoa que *não tivesse alma*... Foi desumano, como o de um animal...

Poirot disse gravemente:

— Então, é este o julgamento que faz dele, Madame?

Ela levantou a mão com visível sofrimento. Seu olhar repousou, fixando-se no chão.

XIV

Pilar entrou na sala com a cautela de um animal que suspeita de uma armadilha. Seus olhos moviam-se rapidamente de um lado para o outro. Não aparentava tanto medo, e sim uma profunda desconfiança.

O coronel Johnson levantou-se e puxou-lhe uma cadeira. Depois disse:

— A senhorita fala inglês, não, srta. Estravados?

Os olhos de Pilar se abriram muito.

— Claro. Minha mãe era inglesa. Na verdade, eu sou muito inglesa.

Um leve sorriso aflorou aos lábios do coronel Johnson, quando seus olhos perceberam o brilho negro dos cabelos dela, os olhos escuros e orgulhosos, os lábios vermelhos e delineados. Muito inglesa! Um termo incoerente para se aplicar a Pilar Estravados.

— O sr. Lee era seu avô — disse ele. — Escreveu-lhe para que viesse da Espanha. E a senhorita chegou há alguns dias. Estou certo?

Pilar assentiu.

— Está certo. Vivi... oh! muitas aventuras saindo da Espanha... uma bomba surgiu do ar e o motorista foi morto... no lugar da cabeça só havia sangue. E eu não sei dirigir, então tive que andar um bom pedaço. E não gosto de andar. Nunca ando. Meus pés ficaram feridos... tão feridos...

O coronel Jonhson sorriu.

— Mas acabou chegando aqui. Sua mãe lhe falava muito de seu avô?

Pilar balançou a cabeça alegremente.

— Ah, sim, dizia que ele era um velho danado.

Hercule Poirot sorriu. Perguntou:

— E o que achou dele quando chegou, Mademoiselle?

— É claro que ele estava muito, muito velho. Tinha de ficar sentado numa cadeira... e seu rosto estava encarquilhado. Mas gostei dele mesmo assim. Acho que, quando jovem, deve ter sido um homem muito atraente... atraente como o senhor — disse Pilar ao superintendente Sugden. Seus olhos fitaram com prazer ingênuo o rosto bonito do superintendente, que ficara escarlate com o elogio.

O coronel Johnson abafou uma risada. Foi um dos raros momentos em que viu o sólido superintendente perder a pose.

— Mas é claro — prosseguiu Pilar, pesarosa — que ele nunca teria sido tão grande quanto o senhor.

Hercule Poirot suspirou.

— Então gosta de homens grandes, Señorita? — perguntou.

Pilar concordou com entusiasmo.

— Ah, gosto. Gosto de homens bem grandes, altos, de ombros largos e muito, muito fortes.

O coronel Johnson perguntou incisivamente:

— Viu seu avô muitas vezes depois que chegou aqui?

— Vi, sim. Ficávamos sentados conversando. Ele contava-me coisas: que tinha sido muito mau, e tudo o que fizera na África do Sul.

— Alguma vez lhe disse que guardava diamantes no cofre em seu quarto?

— Disse e me mostrou. Mas não pareciam diamantes. Pareciam pedrinhas... muito feias... muito feias mesmo.

O superintendente Sugden perguntou bruscamente:

— Então ele os mostrou à senhorita, não?

— Mostrou.

— Deu-lhe algum?

Pilar abanou a cabeça.

— Não, não deu. Pensei que um dia, talvez, ele me desse... se eu fosse boa para ele e lhe fizesse companhia. Porque os velhos gostam muito de moças.

— A senhorita sabia que esses diamantes foram roubados? — perguntou o coronel Johnson.

Pilar arregalou os olhos.

— Roubados?

— Sim, tem alguma idéia de quem possa ter sido?

Pilar balançou a cabeça afirmativamente.

— Ah, tenho. Deve ter sido Horbury.

— Horbury? O criado dele?

— É.

— Por que acha isso?

— Porque ele tem cara de ladrão. Os olhos dele deslizam assim, de um lado para o outro, e ele anda em silêncio, ouve atrás das portas. Parece um gato. E todos os gatos são ladrões.

— Hum — fez o coronel Johnson. — Deixemos isso de lado. Bem, eu soube que toda a família se reuniu esta tarde no quarto de seu avô e que... bem... algumas palavras agressivas foram ditas.

Pilar assentiu e sorriu.

— É. Foi muito divertido. O vovô os deixou tão zangados!

— E a senhorita se divertiu?

— Sim. Eu gosto de ver as pessoas zangadas. Gosto muito. Mas aqui na Inglaterra as pessoas não ficam zangadas como na Espanha. Na Espanha, elas pegam facas e xingam e gritam. Na Inglaterra elas não fazem nada, só ficam com o rosto muito vermelho e fecham bem a boca.

— A senhorita se lembra do que foi dito?

Pilar ficou em dúvida.

— Não sei bem. Vovô disse que eles não prestavam... que não tinham filhos. Disse que eu era melhor do que qualquer um deles. Ele gostava de mim, muito mesmo.

— Ele falou algo a respeito de dinheiro ou de um testamento?

— Testamento? Não, acho que não. Não me lembro.

— O que aconteceu?

— Todos saíram... menos Hilda, a gorda, a mulher de David, que ficou para trás.

— Ah, ficou, é?

— Ficou. David estava tão esquisito. Tremia todo e estava, oh! tão branco. Parecia doente.

— E depois?

— Depois saí e encontrei Stephen. Pusemos um disco e dançamos.

— Stephen Farr?

— É. Ele é da África do Sul. Filho do sócio de meu avô. Ele é muito bonito, também. Muito bronzeado e grande, e tem belos olhos.

— Onde a senhorita estava na hora do crime? — perguntou Johnson.

— Onde eu estava?

— É.

— Estive na sala de estar com Lydia. Depois subi até meu quarto para me pintar. Ia dançar com Stephen de novo. Depois, muito longe, ouvi um grito e todo mundo correndo, então corri também. Estavam tentando arrombar a porta do quarto. Harry e Stephen conseguiram, ambos são grandes e fortes.

— É?

— E depois: bum! a porta caiu... e nós olhamos. Oh, que horror: tudo quebrado e derrubado, e vovô caído numa poça de sangue, a garganta cortada *assim* — fez um gesto vívido e dramático no próprio pescoço —, bem abaixo da orelha.

Fez uma pausa, visivelmente satisfeita com sua narrativa.

— O sangue não fez com que se sentisse mal? — perguntou Johnson.

Ela o encarou.

— Não, por quê? Geralmente há muito sangue quando as pessoas são assassinadas. Havia, oh! tanto sangue em todos os lugares!

— Alguém disse alguma coisa? — perguntou Poirot.

— David falou uma coisa engraçada... o que foi mesmo? Oh, sim. Os moinhos de Deus, foi isso que ele disse — ela repetiu, dando ênfase a cada palavra. — *Os... moinhos... de... Deus...* o que quer dizer isso? Moinho é aquilo que faz farinha, não é?

— Bem, acho que por enquanto é só, srta. Estravados — disse o coronel Johnson.

Pilar levantou-se obedientemente. Deu um rápido sorriso para cada um dos homens.

— Vou sair, então.

Saiu.

— "Os moinhos de Deus moem lentamente, mas moem bem pequenininho" — repetiu o coronel Johnson. — E David Lee disse isso!

XV

Quando a porta se abriu mais uma vez, o coronel Johnson olhou para ver quem entrava. Por um momento, confundiu a pessoa com Harry Lee, mas, quando Stephen Farr adiantou-se na sala, percebeu seu engano.

— Sente-se, sr. Farr — disse ele.

Stephen sentou-se. Seus olhos, frios e inteligentes, iam de um homem para outro. Falou:

— Receio não ser de grande utilidade para os senhores. Mas, por favor, perguntem-me o que quiserem. Talvez eu devesse esclarecer, antes de mais nada, quem sou. Meu pai, Ebenezer Farr, foi sócio de Simeon Lee, na África do Sul, há muito tempo. Estou falando de mais de quarenta anos atrás. — Fez uma pausa. — Meu pai me falava muito de Simeon Lee, de sua personalidade marcante. Ele e meu pai aprontaram muita coisa juntos. Simeon Lee voltou para casa com uma fortuna, e meu pai também não ficou mal. Meu pai sempre me dizia que, quando eu viesse a este país, procurasse o sr. Lee. Uma vez lhe disse que eles haviam se conhecido muito tempo atrás e que o sr. Lee talvez nem soubesse quem eu era, mas papai fez pouco da idéia. Ele disse: "Quando dois homens passam pelo que eu e Simeon passamos, nenhum dos dois esquece." Bem, meu pai morreu há dois anos. Este ano vim à Inglaterra pela primeira vez, e pensei em seguir o conselho de papai, vindo procurar o sr. Lee. — Com um ligeiro sorriso, prosseguiu: — Estava um pouco nervoso quando cheguei aqui, mas não era necessário estar. O sr. Lee recebeu-me efusivamente e insistiu para que eu passasse o Natal com a família. Sentia-me um intruso, mas ele não admitia a recusa. — E concluiu, timidamente: — Todos foram muito simpáticos comigo. O sr. e a sra. Alfred não poderiam ter sido melhores. Estou profundamente sentido pelo que lhes aconteceu.

— Há quanto tempo está aqui, sr. Farr?

— Desde ontem.

— O senhor viu o sr. Lee hoje, em algum momento?

— Vi, conversei um pouco com ele pela manhã. Estava de bom humor e ansioso por saber de um monte de gente e de lugares.

— Foi a última vez que o viu?

— Foi.

— Ele mencionou-lhe que guardava alguns diamantes brutos em seu cofre?

— Não. — E acrescentou antes que alguém pudesse falar: — Quer dizer que esse negócio foi uma espécie de assalto com morte?

— Ainda não temos certeza — disse Johnson. — Agora vamos aos acontecimentos da noite. O senhor poderia dizer, com suas próprias palavras, o que estava fazendo?

— Certamente. Depois que as senhoras saíram da sala de jantar, continuei lá e tomei um vinho do Porto. Então percebi que os Lee tinham questões de família a discutir e que minha presença os embaraçava. Pedi licença e saí.

— E o que fez depois?

Stephen Farr recostou-se em sua cadeira. Seu indicador acariciava o queixo. Prosseguiu de modo um tanto inexpressivo:

— Eu... bem... fui para uma sala grande com soalho de parquete... uma espécie de salão de baile, acho eu. Lá há uma vitrola e discos de música. Coloquei uns para tocar.

— Era possível, talvez, que alguém fosse lá encontrar-se com o senhor? — perguntou Poirot.

Um sorriso muito distante curvou os lábios de Stephen Farr. Ele respondeu:

— Era possível, sim. A gente sempre espera.

E sorriu abertamente.

— A Señorita Estravados é muito bonita — sugeriu Poirot.

— Sem dúvida alguma, é a coisa mais bonita que vi desde que cheguei à Inglaterra.

— E a srta. Estravados encontrou-se com o senhor? — perguntou o coronel Johnson.

Stephen balançou a cabeça.

— Ainda estava lá quando ouvi o barulho. Fui até o saguão e corri como o diabo para ver o que estava acontecendo. Ajudei Harry Lee a arrombar a porta.

— É tudo que tem a nos dizer?

— Receio que sim.

Hercule Poirot inclinou-se para a frente. Falou em voz baixa:

— Mas eu acho, Monsieur Farr, que poderia dizer-nos muita coisa, se quisesse.

— O que quer dizer? — perguntou Farr incisivamente.

— Poderia falar-nos sobre uma coisa muito importante neste caso: o caráter do sr. Lee. O senhor disse que seu pai lhe falava muito sobre ele. Que tipo de homem era ele, segundo seu pai?

— Acho que percebo aonde quer chegar — disse Stephen Farr lentamente. — Como era Simeon Lee quando jovem? Bem, quer que eu seja franco?

— Por favor.

— Bem, para começar, não creio que Simeon Lee fosse um baluarte da moral. Não quero dizer, com isso, que ele fosse exatamente um crápula, mas fazia o que tinha vontade. Sua moral, em suma, não era digna de cumprimentos. Mas era muito envolvente. Além disso, incrivelmente generoso. Nenhuma pessoa em má situação jamais o procurou em vão. Ele bebia um pouco, não muito, dava-se bem com as mulheres e tinha senso de humor. Mesmo assim, sentia um estranho prazer em se vingar. Quando se diz que um elefante não esquece, é o mesmo que falar de Simeon Lee. Meu pai contou-me diversos casos em que Lee esperou anos para se vingar de alguém que lhe fizera alguma desfeita.

— Esse tipo de jogo pode ter mais de um jogador — disse o superintendente Sugden. — O senhor conhece lá alguma pessoa de quem o sr. Lee tenha se vingado? Alguma coisa do passado que poderia explicar o crime cometido aqui hoje à noite?

Stephen Farr balançou a cabeça.

— Ele tinha inimigos, é claro. Muito natural, sendo ele o homem que era. Mas não sei de nenhum caso específico. Além disso

— estreitou os olhos —, eu soube (a bem da verdade, andei questionando Tressilian) que nenhum estranho entrou ou se aproximou da casa esta noite.

— *Com exceção do senhor, Monsieur Farr* — disse Poirot.

Stephen Farr virou-se com o corpo todo de frente para ele.

— Ah, então é isso! Estrangeiro suspeito dentro dos portões! Bem, os senhores não vão descobrir nada por aí. Nunca Simeon Lee passou Ebenezer Farr para trás, para que o filho de Eb viesse vingar o pai! Não — ele balançou a cabeça —, Simeon e Ebenezer nada tinham um contra o outro. Vim até aqui, como já lhes disse, por mera curiosidade. E, além do mais, imagino que uma vitrola seja um álibi tão bom quanto qualquer outro. Ouvi discos o tempo todo... alguém deve ter escutado. Um só disco não me daria tempo de correr até lá em cima. Além disso, os corredores são quilométricos... cortar o pescoço de um velho, limpar o sangue todo e voltar antes que os outros começassem a subir. Isso é uma farsa!

— Não estamos fazendo insinuações contra o senhor, sr. Farr — esclareceu o coronel Johnson.

— Não dei muita importância ao tom de voz do sr. Hercule Poirot — disse Stephen Farr.

— Isto — falou Hercule Poirot — é uma pena!

Sorriu bondosamente para o outro.

Stephen Farr olhou-o zangado.

O coronel Johnson interpôs-se rapidamente:

— Obrigado, sr. Farr. Por enquanto, é só. E o senhor, é claro, permanecerá nesta casa, está bem?

Stephen Farr concordou. Levantou-se e saiu da sala com um andar um pouco gingado.

Quando a porta acabou de fechar, Johnson disse:

— Lá vai X, o número desconhecido. A história dele parece muito simples. Mesmo assim, ele é o azarão. *Talvez* tenha apanhado os diamantes... pode ter chegado aqui com uma história inventada só para conseguir entrar. É melhor pegar suas impressões digitais, Sugden, e ver se é conhecido.

— Já peguei — disse o superintendente com um sorriso seco.

— Bom trabalho. Você não deixa passar muita coisa. Acredito que comece a investigar todas as linhas mais óbvias.

O superintendente Sugden enumerou, seguindo com o dedo:

— Confirmar os telefonemas: hora etc. Conferir Horbury. A que horas saiu e quem o viu sair. Conferir todas as entradas e saídas. Pegar informações sobre os criados, de maneira geral. Conferir a posição financeira dos membros da família. Ir ao advogado examinar o testamento. Dar uma busca na casa para procurar a arma e manchas de sangue nas roupas... além dos diamantes, que podem estar escondidos em algum lugar.

— Acho que isso cobre tudo — disse o coronel Johnson, aprovando as providências a serem tomadas. — Sugere alguma coisa, Monsieur Poirot?

Poirot balançou a cabeça.

— Acho que o superintendente não deixou escapar nada.

Sugden disse com pesar:

— Não vai ser nada engraçado dar uma busca nesta casa atrás dos diamantes. Nunca vi tanto enfeite e balangandã em minha vida.

— Não resta dúvida de que há esconderijos em abundância — concordou Poirot.

— E você realmente não sugere nada, Poirot?

O chefe de polícia parecia um pouco desapontado, como o dono de um cão que se recusa a mostrar seus truques.

— Você permite que eu siga uma linha própria? — indagou Poirot.

— Claro, claro — disse Johnson, ao mesmo tempo que o superintendente perguntou desconfiado:

— Que linha?

— Eu gostaria — disse Hercule Poirot — de conversar freqüentemente com os membros da família.

— Quer dizer que gostaria de realizar outra sessão de interrogatórios? — perguntou o coronel, um tanto confuso.

— Não, não, interrogar, não. Conversar!

— Por quê? — perguntou Sugden.

Hercule Poirot fez um gesto enfático com a mão.

— Numa conversa, as coisas surgem! Se um ser humano fala muito, é impossível evitar a verdade!

— Acha, então, que alguém está mentindo? — perguntou Sugden.

Poirot suspirou.

— *Mon cher*, todos mentem. Às vezes é necessário. É importante separar as mentiras inócuas das mentiras vitais.

— Mesmo assim, é incrível, sabe? — disse o coronel Johnson subitamente. — Aqui houve um crime particularmente cruel e brutal... e quais são nossos suspeitos? Alfred Lee e a mulher? Pessoas simpáticas, educadas e tranqüilas. George Lee, um membro do Parlamento e a essência da respeitabilidade. A mulher dele? Não passa de uma bonequinha moderna e bonita. David Lee parece uma criatura gentil e, segundo seu irmão Harry, não suporta ver sangue. A esposa dele parece uma mulher sensata, simpática... bastante comum. Sobram a sobrinha espanhola e o homem da África do Sul. As belas espanholas têm temperamento quente, mas não consigo imaginar aquela criaturinha cortando o pescoço do velho a sangue-frio, especialmente quando sabemos que tinha todo interesse em mantê-lo vivo... pelo menos até a assinatura do novo testamento. Stephen Farr é uma possibilidade. Quer dizer, talvez seja um profissional que tenha vindo aqui atrás dos diamantes. O velho descobriu o roubo e Farr cortou seu pescoço para mantê-lo calado. Pode ter sido isso. O álibi da vitrola não é tão bom assim.

Poirot balançou a cabeça.

— Meu caro amigo — disse ele —, compare a estatura de Monsieur Stephen Farr com a do velho Simeon Lee. Se Farr decidisse matar o velho, poderia tê-lo feito em um minuto: Simeon Lee jamais conseguiria lutar contra ele. É possível acreditar que aquele velho frágil e aquele magnífico espécime da raça humana lutassem por alguns minutos, derrubando cadeiras e quebrando louça? Imaginar tal coisa é fantástico!

O coronel Johnson estreitou os olhos.

— Você quer dizer que foi um homem *fraco* que matou Simeon Lee?

— Ou uma mulher! — disse o superintendente.

XVI

O coronel Johnson olhou o relógio.

— Não há mais nada que eu possa fazer aqui. Você está encaminhando bem o caso, Sugden. Ah, só mais uma coisa. Devíamos ver o mordomo. Sei que você já o interrogou, mas agora temos mais alguns dados. É importante confirmarmos exatamente onde se encontrava cada um na hora do crime.

Tressilian entrou lentamente. O chefe de polícia perguntou-lhe se não queria sentar-se.

— Obrigado, senhor. Vou aceitar, se não se importa. Estou me sentindo esquisito... muito esquisito mesmo. Minhas pernas, senhor, e minha cabeça.

— Sofreu um grande choque, sem dúvida — disse Poirot gentilmente.

O mordomo estremeceu.

— Que coisa tão... tão violenta! E logo nesta casa! Onde tudo sempre foi tão tranqüilo.

— Era uma casa organizada, não? — disse Poirot. — Mas era feliz?

— Não gostaria de falar assim, senhor.

— Antigamente, quando a família vivia junta, era feliz?

— Talvez não fosse o que se pudesse chamar de muito harmoniosa, senhor — respondeu Tressilian devagar.

— A falecida sra. Lee era uma espécie de inválida, não era?

— Era, senhor, muito doente.

— Os filhos gostavam dela?

— O sr. David era muito apegado a ela. Parecia mais uma filha do que um filho. E depois que ela morreu, ele se foi. Não conseguiu mais viver aqui.

— E o sr. Harry? Como era ele? — perguntou Poirot.

— Sempre um jovem muito rebelde, senhor, mas de bom coração. Oh, céus, que susto levei quando a campainha tocou e tocou de novo, tão impaciente, e abri a porta para aquele estranho, e depois a voz do sr. Harry dizendo: "Olá, Tressilian. Ainda por aqui, hein?" O mesmo de sempre!

— Deve ter sido uma sensação bem estranha mesmo — disse Poirot, solidarizando-se com ele.

Tressilian prosseguiu, com duas pequenas manchas rosadas no rosto:

— Às vezes tenho a impressão, senhor, de que o passado não é o passado! Acho que em Londres estava sendo apresentada uma peça sobre algo no gênero. Mas sinto-me um pouco assim, senhor. Aquela sensação que se apodera da gente... como se a gente já tivesse feito tudo aquilo antes. Tenho a impressão de que, quando a campainha toca e vou abrir a porta, vejo o sr. Harry... mesmo quando deveria ser o sr. Farr ou qualquer outra pessoa... e digo a mim mesmo: *mas eu já fiz isso antes...*

— Muito interessante — disse Poirot. — Muito interessante.

Tressilian olhou-o com gratidão.

Johnson, um tanto impaciente, pigarreou e encarregou-se da conversa.

— Só queremos a confirmação de algumas horas — disse ele. — Bem, quando começou o barulho lá em cima, apenas os srs. Alfred e Harry Lee estavam na sala de jantar, não é mesmo?

— Não posso dizer ao certo, senhor. Todos os cavalheiros estavam lá quando servi o café... mas isso foi uns 15 minutos antes.

— O sr. George Lee estava telefonando. Pode confirmar este dado?

— Acho que alguém realmente falou ao telefone, senhor. A campainha toca na copa e, quando alguém pega o aparelho para discar, há um ruído bem baixinho. Lembro-me de ter ouvido esse ruído, mas não prestei atenção.

— Não sabe a hora exata em que isso aconteceu?

— Não sei dizer, senhor. Foi depois que levei o café aos cavalheiros, é só o que me lembro.

— Sabe onde se encontravam as senhoras na hora mencionada?

— A sra. Alfred estava na sala de estar, senhor, quando voltei para pegar a bandeja de café. Foi um ou dois minutos antes de eu ouvir o grito lá em cima.

— O que ela estava fazendo? — perguntou Poirot.

— Estava de pé junto à janela, senhor, segurando a cortina e olhando para fora.

— E não havia mais nenhuma senhora na sala?

— Não, senhor.

— Sabe onde elas estavam?

— Não sei dizer, senhor.

— Não sabe onde ninguém se encontrava, então?

— O sr. David, eu acho, estava tocando na sala de música, junto à sala de estar.

— Ouviu-o tocando?

— Sim, senhor. — O velho estremeceu outra vez. — Como se fosse um indício, senhor, foi o que senti depois. Ele tocava a *Marcha fúnebre*. Mesmo naquele momento, lembro-me bem, provocou-me arrepios.

— É curioso isso — observou Poirot.

— Agora, sobre o tal de Horbury, o criado pessoal — disse o chefe de polícia. — O senhor pode jurar que ele não se encontrava em casa às vinte horas?

— Ah, sim, senhor. Foi logo depois que o sr. Sugden chegou aqui. Lembro-me particularmente porque ele quebrou uma xícara de café.

— Horbury quebrou uma xícara de café? — indagou Poirot.

— Sim, senhor. Uma das antigas de Worcester. Lavei-as durante 11 anos e esta foi a primeira a se quebrar.

— O que Horbury fazia com as xícaras de café? — perguntou Poirot.

— Bem, é claro, senhor, que ele não tinha nada que estar mexendo com elas. Estava apenas segurando uma xícara, admirando-a, e quando falei que o sr. Sugden estava aqui, Horbury deixou-a cair.

— O senhor disse "sr. Sugden" ou mencionou a palavra polícia? — perguntou Poirot.

Tressilian ficou um pouco espantado.

— Pensando bem, senhor, disse que o superintendente de polícia havia chegado.

— E Horbury deixou cair a xícara — disse Poirot.

— Um dado sugestivo — disse o chefe de polícia. — Horbury fez alguma pergunta sobre a visita do superintendente?

— Sim, senhor. Perguntou-me o que ele viera fazer aqui. Disse-lhe que viera recolher um donativo para o orfanato da polícia e que subira para ver o sr. Lee.

— E Horbury pareceu aliviado ao ouvir isso?

— Sabe de uma coisa, senhor? Agora que o senhor falou, lembro-me de que pareceu, sim. Suas maneiras mudaram de imediato. Disse que o sr. Lee era um velho camarada e mão-aberta... falou de modo desrespeitoso... e saiu.

— Por onde?

— Pela porta que leva ao saguão dos empregados.

— Tudo isso está certo, Tressilian — interrompeu o chefe de polícia. — Ele passou pela cozinha, onde a cozinheira e a copeira o viram, e saiu pela porta dos fundos. Agora ouça, Tressilian, e pense bem: havia alguma possibilidade de Horbury voltar para casa sem ser visto por ninguém?

O velho mordomo balançou a cabeça.

— Não vejo como ele possa ter feito isso, senhor. Todas as portas são trancadas por dentro.

— E se ele tivesse a chave?

— As portas também têm pega-ladrão.

— E como se entra?

— Ele tem a chave da porta dos fundos, senhor. Todos os empregados entram por lá.

— Então ele *poderia* ter entrado por lá?

— Não sem passar pela cozinha, senhor. E a cozinha estaria ocupada até as 21h30, 21h45.

— Parece-me conclusivo — disse o coronel Johnson. — Obrigado, Tressilian.

O velho levantou-se e, com uma reverência, saiu da sala. Voltou, entretanto, um ou dois minutos depois.

— Horbury acaba de chegar, senhores. Gostariam de vê-lo agora?

— Sim, por favor. Peça-lhe que venha imediatamente.

XVII

Sydney Horbury não tinha um ar muito cativante. Entrou na sala e permaneceu de pé, esfregando as mãos, dardejando olhares de uma pessoa para outra. Tinha modos untuosos.

— Você é Sydney Horbury? — perguntou Johnson.

— Sim, senhor.

— Criado pessoal do falecido sr. Lee?

— Sim, senhor. Terrível, não? Qualquer um poderia ter me derrubado com uma pena quando Gladys me contou. Pobre velho...

— Limite-se a responder a minhas perguntas — interrompeu Johnson.

— Sim, senhor, certamente.

— A que horas saiu esta noite e onde esteve?

— Saí de casa pouco antes das oito, senhor. Fui até o Superb, senhor, cinco minutos a pé. *Amor na antiga Sevilha* era o filme.

— Alguém o viu lá?

— A jovem bilheteira, senhor, ela me conhece. E o porteiro, ele também me conhece. E... bem, para falar a verdade, eu estava com uma moça, senhor. Marquei um encontro com ela.

— Ah, é mesmo? Como é o nome dela?

— Doris Buckle, senhor. Ela trabalha na Combined Dairies, no número 23 da Markham Road.

— Ótimo. Vamos conferir isso. Voltou direto para casa?

— Levei a moça em casa antes, senhor. Depois voltei direto. Os senhores vão ver que não estou mentindo. Não tive nada a ver com isso. Eu estava...

— Ninguém o está acusando de nada — disse o coronel Johnson, rispidamente.

— Não, senhor. Claro que não, senhor. Mas não é muito agradável quando acontece um crime em nossa casa.

— Ninguém disse que era. Bem, há quanto tempo trabalha para o sr. Lee?

— Há pouco mais de um ano, senhor.

— Gosta daqui?

— Sim, senhor. Estava muito satisfeito. O salário era bom. O sr. Lee era um pouco difícil, às vezes, mas é claro que estou acostumado a atender inválidos.

— Teve experiências anteriores?

— Tive sim, senhor. Trabalhei para o major West e para o ilustre Jasper Finch...

— Pode dar esses detalhes a Sugden, mais tarde. O que quero saber é o seguinte: a que horas viu o sr. Lee pela última vez hoje à noite?

— Por volta das 19h30, senhor. Todos os dias, às dezenove horas, o sr. Lee fazia uma refeição leve em seu próprio quarto. Depois, eu o aprontava para deitar-se. Depois disso ele sentava-se diante da lareira, com seu roupão, até sentir sono.

— A que horas ele costumava deitar-se?

— Variava, senhor. Às vezes recolhia-se às vinte horas, se estivesse cansado. Às vezes ficava sentado até as vinte e três, ou mais.

— E o que ele fazia quando queria deitar-se?

— Geralmente me chamava pela campainha.

— E você o ajudava a ir para a cama?

— Sim, senhor.

— Mas hoje era sua noite de folga. Você sempre folgava às sextas-feiras?

— Sim, senhor. Sexta-feira era minha folga regular.

— O que o sr. Lee fazia, então, quando queria deitar-se?

— Ele tocava a campainha e Tressilian ou Walter levava-o para a cama.

— Mas ele podia andar?

— Podia, senhor, mas com muita dificuldade. Sofria de artrite reumatóide, senhor. Em alguns dias sentia-se melhor, em outros, pior.

— E ele nunca saía do quarto durante o dia?

— Não, senhor. Preferia ficar num lugar só. O sr. Lee não gostava de muito luxo. Seu quarto era grande, bastante arejado e iluminado.

— O sr. Lee jantou às dezenove, não foi o que disse?

— Foi, senhor. Levei a bandeja e pus o xerez e dois cálices na escrivaninha.

— Por que fez isso?

— Por ordem do sr. Lee.

— Isso era comum?

— Às vezes. Era norma da casa que ninguém da família visse o sr. Lee à noite, a não ser que ele mandasse chamar. Às vezes ele preferia ficar sozinho. Às vezes mandava chamar o sr. Alfred ou a sra. Alfred, ou os dois, depois do jantar.

— Mas, pelo que você saiba, ele não tinha feito isso naquela ocasião? Ou seja, não havia mandado recado para nenhum membro da família solicitando sua presença?

— Não havia mandado recado por *mim*, senhor.

— Então não esperava ninguém da família?

— Pode ter falado pessoalmente com algum deles, senhor.

— Claro.

— Vi se estava tudo em ordem — continuou Horbury —, dei boa-noite ao sr. Lee e saí do quarto.

— Você atiçou o fogo antes de sair do quarto? — perguntou Poirot.

O criado hesitou.

— Não foi necessário, senhor. O fogo estava bem forte.

— O sr. Lee poderia ter feito isso sozinho?

— Ah, não, senhor. Supus que tivesse sido o sr. Harry Lee.

— O sr. Harry Lee estava com ele quando você subiu antes do jantar?

— Estava, senhor. Ele saiu quando cheguei.

— Como estava o relacionamento entre os dois, segundo seu julgamento?

— O sr. Harry Lee parecia muito bem-humorado, senhor. Jogando a cabeça para trás e rindo muito.

— E o sr. Lee?

— Estava quieto e um pouco pensativo.

— Sei. Mais uma coisa que eu queria saber, Horbury: o que nos pode dizer sobre os diamantes que o sr. Lee guardava no cofre?

— Diamantes, senhor? Nunca vi diamante algum.

— O sr. Lee guardava consigo algumas pedras brutas. É possível que você as tenha visto.

— Aquelas pedrinhas engraçadas, senhor? Vi, sim, uma ou duas vezes. Mas não sabia que eram diamantes. Ele as estava mostrando para a jovem estrangeira ontem mesmo... ou foi anteontem?

— Essas pedras foram roubadas — disse Johnson subitamente.

— Espero que não pense, senhor, que *eu* tenha algo a ver com isso! — gritou Horbury.

— Não estou fazendo acusações — esclareceu Johnson. — Bem, há algo que você possa dizer-nos sobre isso?

— Os diamantes, senhor? Ou o crime?

— Os dois.

Horbury pensou. Passou a língua sobre os lábios pálidos. Finalmente, levantou os olhos com um quê furtivo.

— Acho que não, senhor.

— Nada que tenha ouvido por acaso — disse Poirot baixinho —, digamos, no decorrer de suas tarefas, que nos possa ser útil?

O criado pestanejou.

— Não, senhor, acho que não. Havia algo estranho entre o sr. Lee e alguns membros de sua família.

— Que membros?

— Acho que houve algum problema devido à volta do sr. Harry Lee. O sr. Alfred ficou sentido. Acho que ele e o pai trocaram algumas palavras sobre o assunto. Mas foi só isso. O sr. Lee não o acusou, em momento algum, de ter roubado os diamantes. E tenho certeza de que o sr. Alfred não faria uma coisa dessas.

— A conversa com o sr. Alfred foi *depois* que o sr. Lee deu pelo desaparecimento dos diamantes, não foi? — disse Poirot rapidamente.

— Foi, senhor.

Poirot inclinou-se para a frente.

— Eu pensava, Horbury — disse ele, com calma —, *que você não soubesse do roubo dos diamantes até ter sido informado por nós agora há pouco*. Como sabe, então, que o sr. Lee dera pelo desaparecimento *antes* da conversa com o filho?

Horbury ficou vermelho como um pimentão.

— Não adianta mentir. Fale tudo — disse Sugden. — Quando soube?

Horbury respondeu, aborrecido:

— Ouvi-o falando ao telefone sobre o caso.

— Você não estava no quarto?

— Não, estava junto à porta, do lado de fora. Não consegui ouvir tudo, apenas uma ou duas palavras.

— O que ouviu exatamente? — perguntou Poirot, com amabilidade.

— Ouvi as palavras roubo e diamantes, e ouvi quando ele disse "não desconfio de ninguém"... e ouvi-o falar qualquer coisa sobre as vinte horas.

O superintendente Sugden assentiu.

— Era comigo que ele falava, rapaz. Por volta das 17h10, não foi?

— Isso mesmo, senhor.

— E quando você entrou no quarto depois, ele parecia perturbado?

— Só um pouco, senhor. Estava absorto e preocupado.

— Tanto assim que você ficou alarmado, não?

— Escute aqui, sr. Sugden, não vou admitir que o senhor diga esse tipo de coisa. Nunca pus a mão naqueles diamantes, nunca, e o senhor não pode provar o contrário. Não sou ladrão.

O superintendente Sugden, impassível, falou:

— É o que veremos. — Olhou com ar indagador para o chefe de polícia, que fez um gesto de assentimento com a cabeça, e então prosseguiu: — Por enquanto é só, rapaz. Não vamos mais precisar de você hoje à noite.

Horbury saiu, agradecido e apressado.

Sugden falou satisfeito:

— Belo trabalho, Monsieur Poirot. Preparou-lhe uma armadilha e tanto. Ele pode ou não ser ladrão, mas é um mentiroso de primeira classe!

— Uma pessoa pouco atraente — comentou Poirot.

— Um tipo desagradável — concordou Johnson. — Mas a questão é a seguinte: que tal o depoimento dele?

Sugden fez um resumo organizado.

— Parece-me que existem três possibilidades: (1) Horbury é ladrão *e* assassino. (2) Horbury é ladrão, mas *não* é assassino. (3) Horbury é inocente. Algumas evidências para a primeira hipótese. Ele ouviu o telefonema e soube que o roubo fora descoberto. Percebeu, pela maneira do velho, que ele era um dos suspeitos. A seguir, fez seus planos. Saiu ostensivamente às vinte horas e arrumou um álibi. Muito fácil sair do cinema e voltar sem ser percebido. Mas tem de confiar muito na garota, para saber que ela não vai traí-lo. Verei o que consigo arrancar dela amanhã.

— Como, então, ele conseguiu entrar em casa? — perguntou Poirot.

— Isso é mais difícil — admitiu Sugden. — Mas deve haver algum meio. Digamos que uma das criadas tenha aberto a porta do lado para ele.

Poirot levantou as sobrancelhas zombeteiramente.

— Colocou, então, a própria vida nas mãos de duas mulheres? *Uma* só já seria um grande risco; *duas*, então... *eh bien*, acho um risco fantástico!

— Alguns criminosos acham que são capazes de tudo! — disse Sugden. — Tomemos a hipótese (2). Horbury pegou os diamantes. Levou-os para fora de casa, passando adiante para algum cúmplice. Isso é bem mais fácil e bastante provável. Agora, temos de admitir que uma outra pessoa escolheu esta noite para assassinar o sr. Lee. Estando essa pessoa totalmente desavisada da complicação dos diamantes. É possível, claro, mas muita coincidência. Hipótese (3): Horbury é inocente. Alguém roubou os diamantes e matou o velho. Aí está, cabe a nós descobrir a verdade.

O coronel Johnson bocejou. Olhou novamente o relógio e levantou-se.

— Bem — disse —, acho que podemos dar por encerrados os trabalhos de hoje à noite. É melhor espiarmos o cofre antes de irmos. Vai ser muito esquisito se os diamantes nunca tiverem saído de lá.

Mas os diamantes não estavam no cofre. Encontraram o segredo onde Alfred Lee lhes dissera, numa pequena caderneta tirada do bolso do roupão do cadáver. No cofre encontraram um saquinho de couro vazio. Entre os papéis existentes no cofre, apenas um interessava.

Era um testamento datado de 15 anos. Depois de diversas doações e legados, a divisão era bem simples. Metade da fortuna de Simeon Lee cabia a Alfred Lee. A outra metade devia ser dividida, em partes iguais, entre os demais filhos: Harry, George, David e Jennifer.

Quarta parte

25 de dezembro

I

Sob o sol brilhante da tarde de Natal, Poirot caminhava nos jardins de Gorston Hall. A casa em si era uma estrutura grande e sólida, sem pretensões arquitetônicas especiais.

Aqui, no lado sul, havia um amplo terraço ladeado por uma cerca viva de teixo aparado. Pequenas plantas cresciam nos intervalos do chão de pedras, e espaçadamente ao longo do terraço havia pias de pedra sustentando jardins em miniatura.

Poirot examinava-os com admiração. Murmurou para si mesmo:

— *C'est bien imaginé, ça*!

Ao longo, avistou dois vultos dirigindo-se a um laguinho ornamental a uns trezentos metros. Pilar era facilmente reconhecível e ele pensou, à primeira vista, que o outro fosse Stephen Farr; depois viu que o homem que acompanhava Pilar era Harry Lee. Harry parecia estar com toda sua atenção voltada para a bela sobrinha. De vez em quando, jogava a cabeça para trás e ria, depois voltava-se atentamente para ela.

— Com toda certeza, lá vai alguém que não está de luto — murmurou Poirot para si mesmo.

Um leve ruído atrás dele fê-lo voltar-se. Magdalene Lee lá se encontrava. Ela, também, observava os vultos da moça e do homem que se afastavam. Virou a cabeça e sorriu encantadoramente para Poirot.

— É um lindo dia de sol! — disse ela. — É difícil acreditar em todos os horrores de ontem à noite, não é mesmo, Monsieur Poirot?

— É difícil mesmo, Madame.

Magdalene suspirou.

— Nunca me vi envolvida numa tragédia antes. Eu... eu mal acabei de me tornar adulta. Acho que demorei muito a amadurecer... Não é uma boa coisa. — Suspirou novamente e prosseguiu: — Já Pilar, não, parece que tem muito autocontrole... Acho que é seu sangue espanhol. É tudo muito estranho, não é?

— O que é estranho, Madame?

— O modo como ela chegou aqui, vinda do nada!

— Soube que o sr. Lee andava procurando por ela havia algum tempo — disse Poirot. — Correspondia-se com o Consulado em Madri e com o vice-cônsul em Aliquara, onde a mãe dela morreu.

— Fez muito segredo disso tudo — comentou Magdalene. — Alfred não sabia de nada. Nem Lydia.

— Ah! — exclamou Poirot.

Magdalene aproximou-se um pouco dele. Ele pôde sentir o perfume delicado que ela usava.

— Sabe, Monsieur Poirot, há uma história ligada ao marido de Jennifer, Estravados. Ele morreu pouco depois do casamento e há certo mistério em torno do fato. Alfred e Lydia sabem. Acho que foi alguma coisa... um tanto trágica...

— É mesmo muito triste.

— Meu marido acha — prosseguiu Magdalene —, e eu concordo com ele, que a família deveria obter maiores informações sobre os antecedentes da moça. Afinal de contas, se o pai dela era *criminoso*...

Ela fez uma pausa, mas Hercule Poirot permaneceu calado. Parecia estar admirando as belezas naturais, como as que podiam ser vistas no inverno, nos domínios de Gorston Hall.

— Não posso deixar de sentir — continuou Magdalene — que a maneira como meu sogro foi assassinado foi um tanto *significativa*. Foi... foi muito *antibritânico*.

Hercule Poirot voltou-se lentamente. Seus olhos graves perscrutaram os da moça, em inocente indagação.

— Ah — disse ele. — O toque espanhol, não acha?

— Bem, eles *são* cruéis, não são? — Magdalene falou exacerbando seu ar infantil. — Aquelas touradas e tudo o mais!

— A senhora está dizendo que, em sua opinião, a Señorita Estravados cortou a garganta do avô? — perguntou Poirot, em tom agradável.

— Oh, não, Monsieur Poirot! — Magdalene foi veemente. Estava chocada. — Não quis dizer nada disso! Longe de mim!

— Bem — retrucou Poirot. — Talvez não.

— Mas acho *de verdade* que ela é... bem, uma pessoa suspeita. A maneira furtiva como pegou uma coisa no chão do quarto ontem à noite, por exemplo.

Uma nota diferente insinuou-se na voz de Poirot. Ele perguntou incisivamente:

— Ela pegou uma coisa no chão, ontem à noite?

Magdalene assentiu. Sua boca infantil fez uma curva desdenhosa.

— Pegou, logo que entramos no quarto. Deu uma espiadela para ver se alguém estava olhando e pegou rapidamente. Mas o superintendente a viu, felizmente, e pediu-lhe que devolvesse.

— E o que foi que ela pegou, a senhora sabe, Madame?

— Não. Não estava suficientemente perto para ver. — A voz de Magdalene traía remorso. — Foi uma coisa pequenininha.

Poirot franziu a testa.

— Interessante isso — murmurou para si mesmo.

Magdalene falou ligeiro:

— É, acho que o senhor devia saber disso. Afinal de contas, não sabemos *nada* sobre a educação de Pilar e que tipo de vida levou. Alfred é sempre tão desconfiado e a querida Lydia é tão desligada. — Depois ela murmurou: — É melhor eu ir lá dentro e ver se posso ajudar Lydia. Talvez tenhamos cartas a escrever.

Deixou-o com um sorriso malicioso e satisfeito nos lábios.

Poirot ficou no terraço, perdido em pensamentos.

II

Em sua direção vinha o superintendente Sugden. Parecia abatido.

— Bom dia, sr. Poirot. Não me parece muito adequado dizermos Feliz Natal, não é?

— *Mon cher collègue*, na verdade não percebo traços de felicidade em seu semblante. Se você tivesse dito "Feliz Natal", eu não teria respondido "Que se repita por muitos anos!".

— Nunca mais quero outro igual a este, isso eu garanto — disse Sugden.

— Conseguiu descobrir alguma coisa?

— Já conferi muitos pontos. O álibi de Horbury está agüentando firme. O porteiro do cinema viu-o entrar com a moça e viu-os sair no final do filme, e foi bem categórico ao afirmar que ele não saiu, que não poderia ter saído e voltado durante o filme. A moça jura que esteve com ele no cinema o tempo todo.

As sobrancelhas de Poirot levantaram-se.

— Não sei mais o que dizer sobre isso.

— Bem, as mulheres são imprevisíveis! — disse Sugden, incrédulo. — Mentem descaradamente por um homem.

— Isso só lhes dignifica o coração — disse Hercule Poirot.

Sugden grunhiu.

— É o modo estrangeiro de ver as coisas. Isso frustra o objetivo da justiça.

— A justiça é uma coisa muito estranha — disse Hercule Poirot. — Já pensou alguma vez sobre isso?

Sugden encarou-o.

— O senhor é muito esquisito, sr. Poirot.

— De maneira alguma. Apenas sigo uma linha lógica de pensamento. Mas não vamos discutir sobre isso. Você acredita, então, que a Demoiselle da leiteria não esteja dizendo a verdade?

Sugden balançou a cabeça.

— Não, não é nada disso. Acredito, realmente, que ela esteja dizendo a verdade. É uma moça simples e acredito que, se estivesse mentindo, eu perceberia logo.

— Tem experiência, não?

— Exatamente, sr. Poirot. A gente percebe, mais ou menos, depois de passar a vida tomando depoimentos, quando uma pessoa está mentindo ou não. Não, acho que o depoimento da moça é verdadeiro e, assim sendo, Horbury *não pode* ter assassinado o velho sr. Lee, o que nos traz de volta às pessoas de casa. — Respirou fundo. — Foi um deles, sr. Poirot. Foi um deles. Mas *quem*?

— Você não conseguiu dados novos?

— Consegui, pois tive um bocado de sorte com os telefonemas. O sr. George Lee fez uma ligação para Westeringham às 20h58. A ligação durou menos de seis minutos.

— Aha!

— É isso mesmo! Além do quê, *não houve mais telefonema algum*... para Westeringham ou qualquer outro lugar.

— Muito interessante — disse Poirot, em tom de aprovação. — Monsieur George Lee disse que acabara de telefonar quando ouviu o barulho... mas, na verdade, havia desligado o telefone quase *dez minutos antes*. Onde ele esteve nesses dez minutos? A sra. George Lee disse que *ela* estava ao telefone... mas, na verdade, não telefonou para ninguém. Onde estava *ela*?

— Eu o vi conversando com ela, Monsieur Poirot.

Seu tom de voz foi indagador. Poirot respondeu:

— Você está enganado!

— Hein?

— *Eu* não conversava com *ela*... ela conversava comigo!

— Oh — Sugden esteve prestes a deixar de lado o detalhe, mas, percebendo o significado, repetiu: — *Ela* estava conversando com o *senhor*?

— Exatamente. Veio até aqui com esse objetivo.

— E o que tinha a dizer?

— Queria enfatizar certos pontos: o caráter antibritânico do crime; os possíveis antecedentes desagradáveis da srta. Estravados, pelo lado paterno; o fato de a srta. Estravados haver furtivamente apanhado uma coisa no chão ontem à noite.

— Ela lhe contou isso, não foi? — perguntou Sugden com interesse.

— Contou. E o que foi que a Señorita pegou?

Sugden suspirou.

— Eu poderia dar-lhe trezentas chances para adivinhar! Vou lhe mostrar. É o tipo de coisa que resolve todo o mistério nas histórias de detetives! Se o senhor conseguir tirar alguma conclusão daí, eu me aposento da polícia!

— Mostre-me.

Sugden retirou um envelope do bolso e despejou o conteúdo na palma da mão. Um leve sorriso apareceu em seu rosto.

— Aqui está. O que acha disso?

Na palma larga da mão do superintendente, havia um pedacinho triangular de borracha cor-de-rosa e um pequenino pino de madeira.

Seu sorriso aumentou quando Poirot pegou os objetos e franziu a testa.

— Consegue deduzir alguma coisa, sr. Poirot?

— Este pedacinho de borracha não seria de uma bolsinha do tipo daqueles *nécessaires*?

— Seria, sim. Foi cortada de uma bolsinha dessas que havia no quarto do sr. Lee. Alguém, com uma tesoura afiada, cortou esse pedacinho triangular. Pode ter sido o próprio sr. Lee. O que me intriga é *por que* ele teria feito isso. Horbury nada tem a dizer sobre isso. Quanto ao pino de madeira, é mais ou menos do tamanho dos que se usam em caixas de baralho, mas esses geralmente são de marfim. Este é de madeira grossa. Bem entalhada, devo confessar.

— Muito impressionante — murmurou Poirot.

— Pode ficar com eles, se quiser — disse Sugden delicadamente. — *Eu* não os quero.

— *Mon ami*, eu não o privaria deles!

— Não significam nada para o senhor?

— Devo confessar: absolutamente nada!

— Esplêndido! — exclamou Sugden com profundo sarcasmo, colocando-os de volta no bolso. — Nós *estamos* progredindo!

— A sra. George Lee — falou Poirot — disse-me que a jovem se abaixou e pegou essas coisinhas de maneira furtiva. Acha mesmo que foi assim?

Sugden refletiu um pouco.

— Não — disse hesitantemente. — Eu não iria tão longe assim. Ela não parecia culpada, nada no gênero, mas realmente se apossou dos objetos... bem, rápida e silenciosamente... se entende o que quero dizer. *E ela não sabia que eu tinha visto!* Disso tenho certeza. Deu um pulo quando a abordei.

— Então, *havia* um motivo? — perguntou Poirot, pensativo. — Mas qual seria esse motivo? O pedacinho de borracha está novo. Não foi usado para nada. Não pode ter significado algum; ainda assim...

— Bem, pode ocupar-se disso, se quiser, sr. Poirot — interrompeu Sugden, impaciente. — Tenho mais em que pensar.

— O caso se encontra... em que pé, em sua opinião?

Sugden pegou sua caderneta.

— Vamos aos *fatos*. Em primeiro lugar, há as pessoas que *não* podem ter cometido o crime. Vamos logo afastá-las...

— E são...?

— Alfred e Harry Lee. Têm um álibi definitivo. E também a sra. Alfred Lee, já que Tressilian a viu na sala de estar um minuto antes da barulheira lá em cima. Esses três estão fora. Agora os outros. Aqui está a lista. Organizei assim para melhor clareza.

Entregou a caderneta a Poirot.

	No momento do crime	
George Lee	*estava*	*?*

Sra. George Lee	*estava*	*?*
David Lee	*estava*	*tocando piano na sala de música (confirmado por sua mulher)*
Sra. David Lee	*estava*	*na sala de música (confirmado pelo marido)*
Srta. Estravados	*estava*	*em seu quarto (sem confirmação)*
Stephen Farr	*estava*	*no salão de baile ouvindo discos (confirmado por três empregados que ouviam a música no saguão dos criados)*

Poirot devolveu a lista e perguntou:

— E daí?

— Daí — disse Sugden —, George Lee poderia ter matado o velho. A sra. George Lee também. Pilar Estravados, também; e *o sr. ou a sra. David Lee poderia ter matado o velho,* mas não *ambos.*

— Então não aceita esse álibi?

O superintendente Sugden balançou a cabeça enfaticamente.

— De maneira alguma! Marido e mulher... apegados um ao outro! Talvez os dois estejam mancomunados, ou, se um deles matou, o outro estará pronto para servir de álibi. Vejo as coisas assim: *alguém* estava na sala de música tocando piano. *Talvez* fosse David Lee. Provavelmente *era*, já que ele é reconhecidamente um músico. Mas nada confirma a presença de sua mulher lá, *a não ser a palavra dele e a dela*. Da mesma forma, *talvez* Hilda estivesse ao piano enquanto David Lee subia para matar o pai! Não, é um caso completamente diferente dos dois irmãos na sala de jantar. Alfred e Harry Lee não se estimam. Nenhum dos dois cometeria perjúrio em favor do outro.

— E Stephen Farr?

— É um possível suspeito, porque o álibi da vitrola é um tanto frágil. Por outro lado, é o tipo de álibi que uma pessoa jamais pensaria forjar de antemão!

Poirot balançou a cabeça, pensativo.

— Entendo o que quer dizer. É o álibi de um homem que *não imaginava que teria de lançar mão desse tipo de coisa.*

— Exatamente! Além do mais, por algum motivo, não acredito que um estranho esteja envolvido nisso.

— Concordo com você — disse Poirot rapidamente. — Trata-se de um caso *familiar*. É um veneno que age no sangue... está no íntimo... arraigado. É um caso em que existem *ódio* e *conhecimento...*

Ele agitou as mãos.

— Não sei... é tão difícil!

O superintendente Sugden esperara respeitosamente, mas sem se impressionar muito. Falou:

— Isso mesmo, sr. Poirot. Mas chegaremos lá, não tenha medo, através da eliminação e da lógica. Já temos as *possibilidades*: as pessoas com *oportunidade*. George Lee, Magdalene Lee, David Lee, Hilda Lee, Pilar Estravados e, diria também, Stephen Farr. Agora passemos ao *motivo*. Quem teria *motivos* para eliminar o sr. Lee? Aqui, novamente, devemos afastar algumas pessoas. A srta. Estravados, por exemplo. Da maneira como ficou o testamento, acho que ela não tem direito a nada. Se Simeon Lee tivesse morrido antes da mãe dela, a parte de sua mãe ficaria com a moça (a não ser que a mãe determinasse em contrário), mas como Simeon Lee morreu depois de Jennifer, essa herança específica reverte para os demais membros da família. De forma que, definitivamente, a srta. Estravados tinha interesse em manter vivo o velho. Ele se tomara de amores por ela; é quase certo que lhe deixasse uma quantia razoável no novo testamento. Ela tinha tudo a perder e nada a ganhar com a morte do velho. Concorda com isto?

— Perfeitamente.

— Resta, é claro, a possibilidade de ela ter cortado o pescoço do velho no calor de uma luta, o que me parece extremamente improvável. Em primeiro lugar, estavam se dando muito bem e ela não estava aqui há tanto tempo para ficar com raiva dele. Sendo assim, é bem pouco provável que a srta. Estravados tenha algo a ver com o crime. A não ser que se argumente que cortar o pescoço de um homem é uma atitude antibritânica, como sugeriu sua amiga, a sra. George Lee.

— Não a chame de *minha* amiga — retrucou Poirot apressadamente. — Ou falarei de *sua* amiga, a srta. Estravados, que o acha tão bonito!

Teve o prazer de ver outra vez o superintendente perturbado em sua postura oficial. Sugden ficou vermelhíssimo. Poirot divertiu-se a observá-lo, maliciosamente.

Falou, e havia um quê de inveja em sua voz:

— É bem verdade que seu bigode é soberbo... Diga-me, você usa algum *creme* especial?

— Creme? Santo Deus, não!

— O que usa, então?

— Usar? Nada. Ele... ele apenas *cresce*.

Poirot suspirou.

— Você foi abençoado pela natureza. — Acariciou seus próprios bigodes negros e exuberantes, e suspirou. — Por mais caro que seja o preparado — murmurou —, devolver-lhes a cor natural de alguma forma empobrece a qualidade dos pêlos.

O superintendente Sugden, sem interessar-se por tratamentos capilares, prosseguia com firmeza:

— Considerando o *motivo* do crime, diria que, provavelmente, podemos afastar o sr. Stephen Farr. É possível que tenha havido alguma questão entre seu pai e o sr. Lee, com prejuízo para o primeiro, mas tenho minhas dúvidas. Farr estava muito à vontade e seguro quando falou sobre o assunto. Estava muito confiante... não creio que estivesse representando. Não, acho que não vamos descobrir nada por aí.

— Não creio que descubra — disse Poirot.

— E havia outra pessoa com motivos para manter o sr. Lee com vida: seu filho Harry. É bem verdade que não foi excluído desse testamento, mas não creio que *ele soubesse disso*. Ele não podia ter certeza! A impressão geral que se tinha era de que Harry havia sido definitivamente excluído depois que saiu de casa. Mas agora estava prestes a ser beneficiado de novo! Ele só teria a ganhar com o novo testamento do pai. Não seria tão tolo a ponto de matá-lo agora. A bem da verdade, como sabemos, *não pode* ter sido ele. Estamos avançando, percebe? Já eliminamos muita gente.

— É verdade. Dentro em breve não restará mais ninguém!

Sugden riu.

— Não estamos indo tão depressa assim! Ainda temos George Lee e a mulher, e David Lee e a sra. David. Todos se beneficiaram com a morte, e George Lee, pelo que percebi, tem paixão por dinheiro. Além disso, seu pai estava ameaçando diminuir-lhe a mesada. Então concluímos que George Lee teve motivo e oportunidade!

— Continue — disse Poirot.

— E temos a sra. George! Gosta tanto de dinheiro como um gato de leite; e aposto como está profundamente endividada no momento! Sentiu ciúme da moça espanhola. Logo percebeu que a outra estava conquistando ascendência sobre o velho. Ela o ouvira chamar o advogado. Então agiu rapidamente. Daria um bom caso.

— Possivelmente.

— Restam, ainda, David Lee e a mulher. Têm direito à herança pelo testamento, mas não creio que, no caso deles, o dinheiro fosse um motivo bastante forte.

— Não?

— Não. David Lee parece um pouco sonhador... não é um tipo mercenário. Mas ele é... bem, é *estranho*. Pelo que percebo, existem três motivos possíveis para este crime: o roubo dos diamantes, o testamento e... bem, *ódio*, apenas.

— Ah, percebe isso, não?

— Naturalmente. Nunca me saiu da cabeça. *Se* David Lee matou o pai, não creio que tenha sido por dinheiro. E, se for ele o criminoso, talvez se explique... bem, o derramamento de sangue!

Poirot olhou-o com ar aprovador.

— Muito bem. Queria saber quando você iria levar isso em consideração. *Tanto sangue*... foi o que disse a sra. Alfred. Faz-nos lembrar dos antigos rituais... dos sacrifícios de sangue, da sagração com o sangue do sacrifício...

— O senhor quer dizer que o assassino era louco? — perguntou Sugden, franzindo a testa.

— *Mon cher*, há no homem toda espécie de instintos profundos que ele mesmo desconhece. O desejo de sangue, a necessidade do sacrifício!

Sugden ponderou, em dúvida:

— David Lee parece um sujeito calmo, inofensivo.

— Você não entende de psicologia — disse Poirot. — David Lee é um homem que vive no passado. Um homem para quem a memória da mãe ainda está muito viva. Ficou longe do pai durante tantos anos porque não conseguiu perdoá-lo pelo tratamento que dispensava à mulher. Veio até aqui, suponhamos, para perdoar. *Mas talvez não tenha sido capaz de fazê-lo*... Sabemos, ao certo, uma coisa: que quando David Lee se aproximou do corpo do pai, uma parte dentro de si foi apaziguada e ficou satisfeita. "*Os moinhos de Deus moem lentamente, mas moem bem pequenininho*." Retribuição! Pagamento! O mal apagado por expiação!

Sugden estremeceu de repente:

— Não fale assim, sr. Poirot. Chego até a ficar assustado. Talvez seja isso que o senhor falou. Neste caso, a sra. David está a par de tudo... e vai protegê-lo ao máximo. Posso imaginá-la agindo dessa forma. Por outro lado, não consigo imaginá-la como assassina. É um tipo tranqüilo, simples.

Poirot olhou-o com curiosidade:

— É esta a impressão que lhe dá, não? — murmurou ele.

— Bem, é... um ser despretensioso, se entende o que quero dizer!

— Oh, entendo perfeitamente o que quer dizer.

Sugden olhou-o.

— Ora, vamos, sr. Poirot, o senhor tem algumas idéias sobre o caso. Diga quais são.

— Tenho algumas idéias, sim — respondeu Poirot lentamente —, mas ainda estão um pouco nebulosas. Deixe-me ouvir, antes, seu resumo dos fatos.

— Bem, como já foi dito, três possíveis motivos: ódio, herança e o roubo dos diamantes. Analisemos os fatos cronologicamente. Três e meia da tarde. Reunião de família. Conversa telefônica com o advogado ouvida por toda a família. O velho se destempera com a família, manda-os sair. Eles saem, como um bando de coelhos amedrontados.

— Hilda Lee ficou para trás — disse Poirot.

— Ficou. Mas não por muito tempo. Depois, por volta das dezoito horas, Alfred tem uma conversa com o pai, uma conversa desagradável. Harry veio para ficar. Alfred não gostou. Alfred, é claro, deveria ser nosso principal suspeito. Era quem tinha o motivo mais forte. No entanto, prosseguindo, Harry entra em seguida. Não está muito bem-humorado. Consegue do velho exatamente o que quer. Mas *antes* dessas duas conversas, Simeon Lee descobrira a perda dos diamantes e me telefonara. Não menciona o desaparecimento a nenhum dos dois filhos. Por quê? Em minha opinião, porque sabia que nenhum dos dois tinha a ver com o caso. Nenhum dos dois estava sob suspeita. Eu acho, como já disse várias vezes, que o velho suspeitava de Horbury e de *uma outra pessoa.* E tenho certeza do que ele pretendia fazer. Lembre-se, ele disse precisamente que não queria que ninguém fosse vê-lo à noite. Por quê? Porque preparava-se para duas coisas: primeiro, minha visita; segundo, *a visita da pessoa sob suspeita.* Na verdade, ele pediu que alguém fosse vê-lo imediatamente após o jantar. Agora, quem teria sido essa pessoa? Talvez George Lee. Mais provável ainda que fosse sua mulher. E há uma outra pessoa que volta à cena aqui: Pilar Estravados. Ele lhe havia mostrado os diamantes. Disse-lhe seu valor. Que provas temos de que essa moça não é uma ladra? Lembre-se das insinuações misteriosas sobre o comportamento desonroso de seu pai. Talvez *ele* fosse um ladrão profissional e tenha acabado preso por isso.

Poirot disse lentamente:

— Então, como você diz, Pilar Estravados volta à cena...

— Sim. Como *ladra*. E apenas isso. Talvez tenha perdido a cabeça ao saber que foi descoberta. Talvez tenha avançado contra o avô e o atacado.

— É possível... sim... — disse Poirot lentamente.

O superintendente Sugden lançou-lhe um olhar penetrante.

— Mas essa não é *sua* idéia. Vamos, sr. Poirot, quais *são* suas idéias?

— Sempre volto à mesma coisa — disse Poirot —, *o caráter do morto*. Que tipo de homem era Simeon Lee?

— Não há muito mistério a esse respeito — disse Sugden, arregalando os olhos.

— Diga-me, então. Isto é, diga-me, segundo o consenso local, o que se sabia do velho.

O superintendente Sugden, em dúvida, passou um dedo pelo queixo. Parecia perplexo. Disse:

— Eu mesmo não sou daqui. Venho de Reeveshire, o condado vizinho a este. Mas é claro que o velho sr. Lee era figura conhecida naquelas bandas. Tudo que sei dele é por ter ouvido falar.

— É? E o que... ouviu falar?

— Bem, era um sujeito rigoroso; poucos conseguiam levar vantagem com ele. Mas era generoso com dinheiro. Mão-aberta, como dizem. O que me surpreende é o fato de o sr. George Lee ser exatamente o oposto, sendo filho de quem é.

— Ah! Mas existem duas correntes distintas na família. Alfred, George e David lembram, pelo menos superficialmente, o lado materno da família. Estive vendo uns retratos hoje de manhã.

— Ele era esquentado — continuou o superintendente Sugden — e, é claro, tinha má fama entre as mulheres. Isso quando era jovem. Estava inválido havia muitos anos. Mas, mesmo naquele tempo, era generoso. Se surgia alguma complicação, sempre pagava uma boa quantia e arranjava casamento para a moça. Pode ter sido um sujeito ordinário, mas não era mesquinho. Maltratava a esposa e procurava outras mulheres, deixando-a de lado. Ela morreu de desgosto, é o que dizem. É um termo conveniente, mas acho que era realmente muito infeliz. Pobre senhora! Estava sempre doente e não saía muito. Não há a menor dúvida de que o sr. Lee tinha uma personalidade peculiar. Era muito vingativo, também. Se alguém lhe passasse a perna, sempre receberia seu troco, é o que dizem, não importa quanto tempo ele tivesse de esperar.

— Os moinhos de Deus moem lentamente, mas moem bem pequenininho — murmurou Poirot.

O superintendente Sugden exclamou:

— Moinhos do diabo, melhor dizendo! Nada havia de santo em Simeon Lee. Poderíamos dizer que era o tipo de homem que vendera a alma ao diabo e se divertia com a barganha! E era orgulhoso, também, orgulhoso como Lúcifer.

— Orgulhoso como Lúcifer! — disse Poirot. — Muito sugestivo isso que você acaba de dizer.

O superintendente perguntou, parecendo confuso:

— O senhor não está querendo dizer que ele foi assassinado por ser orgulhoso, está?

— Quero dizer — explicou Poirot — que existe uma coisa chamada herança. Simeon Lee transmitiu esse orgulho a seus filhos...

Calou-se. Hilda Lee saíra da casa e olhava o terraço.

III

— Estava procurando-o, sr. Poirot.

O superintendente Sugden pediu licença e entrou na casa. Acompanhando-o com os olhos, Hilda disse:

— Não sabia que ele estava com o senhor. Pensei que estivesse com Pilar. Parece um homem simpático, bastante comedido.

Sua voz era agradável, baixa, com ritmo calmo.

— A senhora queria ver-me? — perguntou Poirot.

Ela inclinou a cabeça.

— Queria. Acho que pode ajudar-me.

— Será um grande prazer, Madame.

— O senhor é um homem muito inteligente, sr. Poirot. Percebi isso ontem à noite. Existem certas coisas que o senhor descobrirá facilmente, acho eu. Quero que compreenda meu marido.

— Pois não, Madame?

— Não gostaria de falar sobre isso com o superintendente Sugden. Ele não entenderia. O senhor, sim.

Poirot curvou ligeiramente o corpo.

— A senhora me lisonjeia, Madame.

— Meu marido — continuou Hilda, calmamente —, durante muitos anos, desde que nos casamos, tem sido o que eu chamaria de inválido mental.

— Ah!

— Quando uma pessoa tem um grande ferimento físico, ele provoca choque e dor, mas se cura lentamente: a pele cicatriza, os ossos se colam. Pode restar, talvez, certa fraqueza, uma pequena marca, e nada mais. Meu marido, Monsieur Poirot, teve um grande ferimento *mental*, na idade mais suscetível. Adorava a mãe e viu-a morrer. Achava que o pai era moralmente responsável por sua morte. Desse choque, ele nunca se recuperou totalmente. O ressentimento em relação a seu pai jamais esmoreceu. Fui eu quem persuadiu David a vir passar o Natal aqui, para se reconciliar com o pai. Quis isso... para o bem *dele*... queria que a ferida mental cicatrizasse. Vejo, agora, que nossa vinda aqui foi um erro. Simeon Lee sentia prazer em mexer nessa ferida. Fez uma coisa muito, muito perigosa...

— A senhora está me dizendo, Madame, que seu marido matou o pai?

— Estou dizendo, Monsieur Poirot, que ele facilmente *poderia* ter feito isso... E lhe digo mais: que ele *não* o fez! Quando Simeon Lee foi morto, seu filho tocava a *Marcha fúnebre*. O desejo de morte estava em seu coração. Escapou-lhe através dos dedos e morreu nas ondas do som. Esta é a verdade.

Poirot permaneceu calado durante um ou dois minutos, depois perguntou:

— E quanto à senhora, Madame, qual seu veredicto sobre esse drama do passado?

— Fala da morte da mulher de Simeon Lee?

— Exato.

Hilda respondeu lentamente:

— Conheço bastante a vida para saber que nunca se deve julgar um caso pelas aparências externas. Ao que parece, a Simeon Lee caberia toda culpa e sua mulher recebeu um tratamento abominável. Ao mesmo tempo, acredito honestamente que exista uma espécie de submissão, de predisposição ao martírio, que desperte os piores instintos em certos tipos de homem. Simeon Lee teria admirado, penso eu, espírito e determinação de caráter. Ficava meramente irritado com a paciência e as lágrimas.

Poirot assentiu.

— Seu marido disse ontem à noite: "Minha mãe nunca se queixava." Isso é verdade?

Hilda respondeu com impaciência:

— Claro que não! Queixava-se a David o tempo todo! Descarregava toda a infelicidade sobre seus ombros. Ele era muito jovem. Jovem demais para suportar tudo aquilo que ela o obrigava a suportar!

Poirot olhou-a, pensativo. Ela enrubesceu com esse olhar e mordeu o lábio.

— Percebo — disse ele.

— Percebe o quê? — perguntou ela subitamente.

— Percebo que a senhora tem sido uma mãe para seu marido, quando preferiria ter sido mulher.

Ela se virou.

Naquele momento, David Lee saiu da casa e caminhou pelo terraço em direção a eles. Falou e, em sua voz, havia uma nota de visível alegria:

— Hilda, o dia está glorioso, não? Mais parece primavera do que inverno.

Aproximou-se mais ainda. Sua cabeça estava jogada para trás, uma mecha de cabelos louros sobre a testa, os olhos azuis brilhando. Parecia incrivelmente jovem e infantil. Havia nele uma ansiedade típica da juventude, uma alegria despreocupada. Hercule Poirot prendeu a respiração...

— Vamos até o lago, Hilda — disse David.

Ela sorriu, deu-lhe o braço e afastaram-se juntos.

Enquanto Poirot os observava, viu-a virar-se e dar-lhe uma rápida olhadela. Percebeu, nesse olhar, uma ansiedade momentânea — ou seria, pensou ele, medo?

Lentamente, Poirot andou até a outra extremidade do terraço. Murmurou para si mesmo:

— Como sempre digo e repito, eu sou o padre confessor! E, já que as mulheres confessam com mais freqüência que os homens, foram mulheres que me procuraram hoje. Será que ainda vai vir mais alguém?

Ao dar a volta no fim do terraço e continuar a caminhada, viu que sua pergunta estava respondida. Lydia Lee vinha em sua direção.

IV

— Bom dia, Monsieur Poirot — disse Lydia. — Tressilian disse-me que o encontraria aqui com Harry, mas fico satisfeita por encontrá-lo sozinho. Meu marido tem falado sobre a sua pessoa. Sei que está ansioso para conversar com o senhor.

— Ah, é? Devo ir vê-lo agora?

— Agora, agora, não. Quase não dormiu à noite. Acabei por dar-lhe um forte comprimido para dormir. Ele ainda não acordou e não quero perturbá-lo.

— Entendo. Fez muito bem. Vi, ontem à noite, que o choque foi muito violento.

— O senhor viu, Monsieur Poirot — disse ela seriamente —, que ele realmente *sentiu*... mais que os outros.

— Entendo.

— O senhor já tem... o superintendente já tem... alguma idéia de quem possa ter feito aquela coisa bárbara?

Poirot respondeu, deliberadamente:

— Temos algumas idéias, Madame, de quem *não* fez.

Lydia falou, quase impaciente:

— Parece um pesadelo. Tão fantástico... não consigo acreditar que seja *real*! — E acrescentou: — E Horbury? Estava mesmo no cinema, como disse?

— Estava, Madame, o depoimento dele foi confirmado. Ele disse a verdade.

Lydia parou e cortou um pedacinho do teixo. Seu rosto ficou um pouco mais pálido.

— Mas isso é *horrível*! Resta apenas... a família!

— Exatamente.

— Monsieur Poirot, *não consigo* acreditar!

— Madame, a senhora *consegue* e *realmente* acredita!

Ela esteve prestes a protestar. De repente sorriu com tristeza.

— Como se é hipócrita!

Ele concordou.

— Se a senhora fosse sincera comigo, Madame, admitiria que lhe parece bastante natural que alguém da família tenha assassinado seu sogro!

Lydia retrucou bruscamente:

— O que o senhor diz é uma coisa fantástica, Monsieur Poirot!

— É, sem dúvida. Mas seu sogro era uma pessoa fantástica!

— Pobre velho — disse Lydia. — Tenho pena dele agora. Mas quando estava vivo aborrecia-me ao extremo!

— Bem posso imaginar!

Ele curvou-se sobre uma das pias de pedra.

— São coisas muito engenhosas. Muito agradáveis.

— Alegra-me que o senhor goste. É um de meus passatempos. Gosta deste jardim do Ártico, com pingüins e gelo?

— Encantador. E este... o que é?

— Ah, é o mar Morto. Ou vai ser. Ainda não acabei. Não deve vê-lo ainda. Este aqui é Piana, na Córsega. As pedras lá, o senhor sabe, são rosadas e causam um belo efeito mergulhando no azul do mar. Esta cena do deserto é engraçada, não acha?

Mostrou-lhe os demais. Quando chegaram ao último, ela olhou o relógio.

— Vou ver se Alfred já acordou.

Depois que ela se afastou, Poirot voltou lentamente para o jardim que representava o mar Morto. Examinou-o com grande interesse. Depois escolheu algumas pedrinhas e deixou-as escorregarem entre os dedos.

De repente seu rosto mudou. Trouxe-as para olhar mais de perto.

— *Sapristi!* — exclamou. — Que surpresa! Agora, o que significa exatamente isto?

Quinta parte

26 de dezembro

I

O chefe de polícia e o superintendente Sugden olhavam Poirot, incrédulos. Este último recolocou cuidadosamente as pedrinhas numa pequena caixa de papelão e empurrou-a até o chefe de polícia.

— Oh, sim — disse ele. — São os diamantes, sem dúvida.

— E onde mesmo você os encontrou? No jardim?

— Num dos pequenos jardins construídos por Madame Alfred Lee.

— Sra. Alfred? — Sugden balançou a cabeça. — Não me parece provável.

Poirot indagou:

— Quer dizer, penso eu, que não acha provável que a sra. Lee tenha cortado o pescoço do sogro?

Sugden respondeu rapidamente:

— Sabemos que não foi ela. Quero dizer que me parece improvável que ela tenha roubado os diamantes.

— Não é fácil acreditar que ela seja ladra... não — concordou Poirot.

— Qualquer um pode tê-los escondido lá — sugeriu Sugden.

— É verdade. Muito conveniente, já que, naquele jardim em particular, representando o mar Morto, haveria pedras parecidas, tanto em tamanho como em formato.

— Quer dizer que ela bolou isso de antemão? — perguntou Sugden.

— Não acredito nem um pouco — interrompeu o coronel Johnson emocionado. — Nem um pouco. Para início de conversa, por que ela roubaria os diamantes?

— Bem, quanto a isso... — disse Sugden, lentamente.

Poirot cortou-lhe a palavra:

— Para isso há uma resposta possível. Ela pegou os diamantes para sugerir um motivo para o crime. Ou seja, ela sabia que haveria o crime, embora não tenha desempenhado um papel ativo.

Johnson franziu a testa.

— Este argumento não tem consistência. Estão fazendo dela um cúmplice. Mas de quem seria cúmplice? Apenas de seu marido. Mas como sabemos que ele, também, nada teve a ver com o crime, toda a teoria cai por terra.

Sugden acariciou o queixo, pensativo.

— É, é verdade. Não, se a sra. Lee de fato pegou os diamantes, e é um grande "se", não passou de um roubo. Neste caso, é possível que tenha preparado aquele jardim especialmente para escondê-los até que as coisas se acalmassem. Uma outra hipótese é a de *coincidência*. Aquele jardim, devido à semelhança das pedras, chamou a atenção do ladrão, quem quer que seja, como um esconderijo ideal.

— Isso é bem possível — disse Poirot. — Estou sempre pronto a admitir *uma* coincidência.

Sugden balançou a cabeça, em dúvida.

— Qual é a sua opinião? — perguntou-lhe Poirot.

O superintendente respondeu com cautela:

— A sra. Lee é uma pessoa muito boa. Não me parece provável que esteja envolvida num negócio sujo. Mas, é claro, nunca se sabe.

— De qualquer maneira — disse o coronel Johnson, impacientemente —, qualquer que seja a verdade a respeito dos diamantes, o envolvimento dela no assassinato está fora de cogitação. O mordomo a viu na sala de estar na hora exata do crime. Lembra-se disso, Poirot?

— Não me esqueci disso.

O chefe de polícia voltou-se para seu subordinado.

— Adiante. O que tem a dizer? Alguma novidade?

— Tenho, senhor. Consegui alguns dados novos. Para começar: Horbury. Ele tinha razões para temer a polícia.

— Roubo, hein?

— Não, senhor. Extorsão sob ameaça. Um tipo de chantagem. O caso não pôde ser provado e ele se safou, mas imagino que tenha conseguido se safar uma ou outra vez antes também. Sentindo-se culpado, provavelmente pensou que estivéssemos atrás de qualquer coisa no gênero quando Tressilian mencionou a polícia ontem à noite. Ficou completamente perturbado.

— Hum! — fez o chefe de polícia. — Chega de Horbury. O que mais?

O superintendente tossiu.

— É... a sra. George Lee, senhor. Obtivemos algumas informações sobre ela antes de casar-se. Vivia com um tal de comandante Jones. Passava por sua filha... mas *não era* filha... Eu acho, pelo que soubemos, que o velho sr. Lee colocou as coisas corretamente. Ele era astuto em relação às mulheres, percebia logo quando uma não prestava... e divertia-se em dar um tiro no escuro. E atingiu-a *em cheio*!

O coronel Johnson falou, pensativo:

— Isto lhe daria outro motivo, além do aspecto monetário. Ela deve ter pensado que ele sabia alguma coisa definitiva e que ia contar tudo a seu marido. Aquela história do telefone é um tanto marota. Ela *não* telefonou.

— Por que não chamamos os dois, senhor — sugeriu Sugden —, para esclarecer de vez a questão do telefone? Vamos ver o que conseguimos.

— Boa idéia.

Johnson tocou a campainha. Tressilian atendeu.

— Peça ao sr. e à sra. George Lee para virem até aqui.

— Pois não, senhor.

Quando o velho se afastou, Poirot disse:

— A data daquele calendário da parede ficou assim desde o crime?

Tressilian voltou-se.

— Que calendário, senhor?

— Naquela parede ali.

Os três homens encontravam-se novamente no pequeno escritório de Alfred Lee. O calendário em questão era dos grandes, com folhas picotadas, cada uma marcando um dia.

Tressilian percorreu a sala com os olhos, depois arrastou-se lentamente até ficar a uns cinqüenta centímetros de distância.

— Perdão, senhor, mas as folhas foram arrancadas. Hoje é dia 26.

— Ah, *pardon*. Quem teria arrancado as folhas?

— O sr. Lee, senhor, todas as manhãs. O sr. Alfred é um cavalheiro muito metódico.

— Sei. Obrigado.

Tressilian saiu. Sugden perguntou, intrigado:

— Há algo de errado naquele calendário, sr. Poirot? Algo que me tenha escapado?

Balançando os ombros, Poirot disse:

— O calendário não tem a menor importância. Estava, apenas, fazendo uma experiência.

— Inquérito amanhã — disse o coronel Johnson. — Vai ser adiado, é claro.

— É, senhor — disse Sugden. — Já falei com o legista e está tudo pronto.

II

George Lee entrou na sala, acompanhado da mulher.

— Bom dia — disse o coronel Johnson. — Sentem-se, por favor. Gostaríamos de fazer algumas perguntas aos dois. Um fato que não ficou muito claro.

— Ficarei satisfeito se puder ser de algum auxílio — disse George, de modo um tanto pomposo.

— Claro! — disse Magdalene com voz fraca.

O chefe de polícia fez um gesto de cabeça para Sugden, que começou:

— Sobre os telefonemas na noite do crime: o senhor fez uma ligação para Westeringham, se não me engano, sr. Lee?

George respondeu friamente:

— Fiz, sim. Para meu representante em meu distrito eleitoral. Posso falar com ele e...

O superintendente Sugden ergueu a mão para estancar o fluxo de palavras.

— Certo, certo, sr. Lee. Não estamos questionando isso. Sua ligação foi completada às 20h59, exatamente.

— Bem... eu... é... não sei dizer a hora exata.

— Ah — disse Sugden. — Mas nós sabemos! Conferimos todos esses dados cuidadosamente. Com muito cuidado mesmo. A ligação começou às 20h59 e terminou às 21h04. O seu pai, sr. Lee, foi morto por volta das 21h15. Preciso que me relate, uma vez mais, todos os seus movimentos.

— Já disse... estava telefonando!

— Não, sr. Lee, não estava.

— Tolice. Os senhores devem ter se enganado! Bem, é possível que eu tivesse acabado de telefonar... acho que fiquei pensando se devia dar outro telefonema... estava pensando se... bem... se compensava... a despesa... quando ouvi o barulho lá em cima.

— É difícil levar dez minutos decidindo se vale ou não a pena dar um telefonema.

George ficou roxo. As palavras jorravam-lhe da boca.

— Aonde querem chegar? Aonde, diabos, querem chegar? Que ousadia é essa? Estão duvidando de minha palavra? Duvidando da palavra de um homem em minha posição? Então terei de dar satisfações sobre todos os minutos de minha vida?

O superintendente Sugden falou com tal firmeza que Poirot admirou-se:

— Acontece.

George dirigiu-se ao chefe de polícia, furioso:

— Coronel Johnson, o senhor compactua com essa... essa atitude improcedente?

O chefe de polícia respondeu cristalinamente:

— Num caso de assassinato, sr. Lee, estas perguntas têm de ser feitas. *E respondidas*.

— Já respondi! Tinha acabado de telefonar e estava... bem... decidindo se daria outro telefonema.

— O senhor estava nesta sala quando começou a confusão lá em cima?

— Estava... sim, estava.

Johnson voltou-se para Magdalene.

— Se não me engano, sra. Lee, a senhora disse que *estava* telefonando quando começou o barulho e que, naquele momento, se encontrava sozinha nesta sala.

Magdalene ficou atrapalhada. Prendeu a respiração, olhou de esguelha para George, para Sugden e, depois, apelativamente para o coronel Johnson.

— Oh, eu não sei... não sei mesmo... não me lembro do que disse... Estava tão *perturbada*...

— Nós temos tudo por escrito, a senhora sabe — disse Sugden.

Ela começou a apelar para ele, olhos arregalados e suplicantes, lábios trêmulos. Mas recebeu, em troca, a indiferença rígida de um homem de séria respeitabilidade, que não aprovava seu tipo.

— Eu... eu — disse ela, insegura — claro que telefonei. Não sei bem ao certo *quando*...

Ela parou.

— O que significa isso? — perguntou George. — Telefonou de onde? Daqui não foi.

— Eu diria, sra. Lee — disse o superintendente Sugden —, que a senhora *não deu telefonema algum*. Neste caso, onde estava e o que fazia?

Magdalene olhou desesperada ao seu redor e caiu no choro.

— George, não deixe que eles me intimidem! — disse ela entre soluços. — Você sabe que quando estou assustada, quando me bombardeiam com perguntas, não consigo me lembrar *de nada*! Eu... eu não sei o que disse aquela noite... foi tão horrível... estava tão perturbada... e estão me tratando feito uns animais...

Ela deu um salto e saiu correndo, chorando.

Levantando-se, George explodiu:

— O que significa isso? Não permitirei que intimidem e assustem minha mulher! Ela é muito sensível. É uma lástima. Levarei ao Parlamento a discussão sobre os lamentáveis métodos de intimidação usados pela polícia. É verdadeiramente uma lástima!

Saiu da sala a passos largos, batendo a porta.

O superintendente Sugden jogou a cabeça para trás e riu:

— Estamos dando um jeito neles! Agora veremos!

Johnson franziu a testa e disse:

— Que coisa extraordinária! Tem dente de coelho. Precisamos interrogá-la novamente.

— Ah! Ela volta daqui a um ou dois minutos — disse Sugden, tranqüilo. — Quando tiver decidido o que dizer. Hein, sr. Poirot?

Poirot, que parecia estar sonhando, tomou um susto.

— *Pardon!*

— Eu disse que ela vai voltar!

— Provavelmente... sim, possivelmente... ah, sim!

Sugden perguntou, encarando-o:

— O que houve, sr. Poirot? Viu algum fantasma?

Poirot respondeu lentamente:

— Sabe de uma coisa? Não tenho bem certeza de que não tenha acontecido *exatamente isso*.

O coronel Johnson falou com impaciência:

— Bem, Sugden, mais alguma coisa?

— Estou tentando confirmar a ordem de chegada de todos à cena do crime. O que deve ter acontecido está bem claro. Depois do crime, quando o grito mortal da vítima deu o alarma, o assassino saiu de mansinho, trancou a porta com um alicate ou algo no gênero, e, no instante seguinte, era uma das pessoas que corriam *para* a cena do crime. Infelizmente, não é fácil checar exatamente quem os demais viram, porque a memória das pessoas não é muito precisa nesse tipo de coisa. Tressilian disse que viu Harry e Alfred Lee virem da sala de jantar, cruzarem o saguão e correrem lá para cima. Isso os deixa de fora, e nem nós suspeitamos deles, de qualquer maneira. Pelo que pude deduzir, a srta. Estravados não chegou logo: foi uma das últimas. A idéia geral parece ser a de que Farr, a sra. George e a sra. David foram os primeiros. Cada um desses três diz que viu um dos outros à sua frente. É por isso que fica difícil, a gente não consegue distinguir uma mentira deliberada de uma confusão de memória. Todos acudiram ao local, isso é certo, mas em que ordem é o que está difícil de definir.

— Você acha que isso é importante? — perguntou Poirot lentamente.

— É o elemento tempo — disse Sugden. — O tempo, lembre-se bem, foi incrivelmente curto.

— Concordo com você que o elemento tempo seja importante neste caso — disse Poirot.

— O que dificulta ainda mais — prosseguiu Sugden — é que existem duas escadas. A escada principal fica aqui no saguão, eqüidistante das portas das salas de jantar e de estar. Mas há uma outra no outro extremo da casa. Stephen Farr subiu por esta última. A srta. Estravados estava no andar de cima, no outro extremo do corredor (que é onde fica seu quarto). Os outros dizem que subiram por esta aqui.

— É confuso, sim — disse Poirot.

A porta se abriu e Magdalene entrou depressa. Tinha a respiração acelerada e uma mancha rosada em cada uma das faces. Aproximou-se da mesa e disse calmamente:

— Meu marido acha que estou deitada. Escapuli de meu quarto em silêncio. Coronel Johnson — ela apelou para ele, com os olhos bem abertos e suplicantes —, se eu lhe disser a verdade, o senhor *vai* guardá-la para si, não vai? Quero dizer, não precisa divulgar *tudo*...

— A senhora quer dizer, suponho, alguma coisa que não tem qualquer ligação com o crime?

— É, nenhuma ligação mesmo. Apenas um fato de minha... minha vida particular.

— Pode desabafar, sra. Lee — disse o chefe de polícia — e deixe o julgamento por nossa conta.

Magdalene falou, com os olhos embaciados:

— Sim, vou confiar no senhor. Sei que posso. O senhor parece tão bom. É o seguinte. Existe uma pessoa — ela parou.

— Sim, sra. Lee?

— Eu queria telefonar para uma pessoa ontem à noite... um homem... um amigo meu, e não queria que George soubesse. Sei que fiz muito mal, mas foi isso que aconteceu. Então fui telefonar depois do jantar, quando pensei que George estivesse na sala de jantar. Mas, quando cheguei aqui, ouvi-o ao telefone e então esperei.

— Esperou onde, Madame? — perguntou Poirot.

— Há um local para guardar casacos e outras coisas atrás da escada. É escuro ali. Escondi-me lá, de onde poderia ver George saindo da sala. Mas ele não saiu, então começou a barulheira toda e o sr. Lee gritou, e corri lá para cima.

— Então seu marido não saiu desta sala até o momento do crime?

— Não.

— E a senhora — disse o chefe de polícia — ficou das 21h às 21h15 escondida atrás da escada?

— Fiquei, mas não *podia* dizer isso, entende? Iam perguntar o que eu estava fazendo ali. Eu ficaria numa situação muito, muito desagradável, o senhor *percebe* isso, não percebe?

— Deve ter sido muito desagradável — disse Johnson secamente.

Ela deu-lhe um sorriso adocicado.

— Estou *tão* aliviada por ter dito a verdade. E o senhor *não vai* contar a meu marido, vai? Não, tenho certeza que não! Posso confiar no senhor, em todos os senhores.

Ela incluiu todos em seu olhar suplicante final e saiu ligeiro da sala.

O coronel Johnson respirou fundo.

— Bem — disse ele. — *Talvez* tenha sido isso! É uma história perfeitamente plausível. Por outro lado...

— Talvez não seja — concluiu Sugden. — Aí é que está. Nós não sabemos.

III

Lydia Lee encontrava-se na sala de estar, na parede oposta à da porta, semi-escondida pelas cortinas pesadas, olhando pela janela. Um som na sala fê-la voltar-se, assustada, e ver Hercule Poirot de pé junto à porta.

— O senhor me assustou, Monsieur Poirot.

— Peço desculpas, Madame. Ando sem fazer barulho.

— Pensei que fosse Horbury — disse ela.

Hercule Poirot assentiu.

— É verdade, ele pisa de leve. Como um gato... ou um *ladrão*.

Fez breve pausa observando-a.

O rosto dela estava inexpressivo, mas fez uma ligeira careta de desgosto ao dizer:

— Nunca simpatizei muito com aquele homem. Ficarei feliz quando me livrar dele.

— A meu ver, será sensato da sua parte, Madame.

Ela olhou-o rapidamente. Perguntou:

— O que quer dizer? Sabe de alguma coisa contra ele?

— Ele é um homem que coleciona segredos... e os usa em proveito próprio.

— O senhor acha que ele sabe de alguma coisa — perguntou ela bruscamente — sobre o crime?

Poirot deu de ombros.

— Ele tem pés silenciosos e orelhas compridas. Talvez tenha ouvido algo que esteja guardando para si.

Lydia perguntou claramente:

— Acha que ele poderia fazer chantagem contra um de nós?

— Está dentro dos limites do possível. Mas não vim aqui falar sobre isso.

— Veio falar sobre o quê?

— Estive conversando com Monsieur Alfred Lee — respondeu Poirot lentamente. — Ele me fez uma proposta e gostaria de discuti-la com a senhora, antes de aceitar ou recusar. Mas fiquei tão encantado com o quadro que vi: o belo contraste do estampado de seu casaco contra o vermelho vivo das cortinas, que parei para admirar.

Lydia falou bruscamente:

— Francamente, Monsieur Poirot, é preciso perdermos tempo em elogios?

— Desculpe-me, Madame. São tão poucas as senhoras inglesas que entendem *la toilette*. O vestido que a senhora usava na noite em que a vi pela primeira vez, com estampado ousado mas discreto, era elegante... distinto.

— Por que o senhor me procurou? — perguntou Lydia, impaciente.

Poirot ficou sério.

— Pelo seguinte, Madame: seu marido deseja que eu assuma as investigações seriamente. Pede que eu fique aqui, nesta casa, e faça o possível para ir ao fundo do problema.

— Sim?

— Eu não gostaria de aceitar um convite — prosseguiu Poirot com vagar — que não fosse endossado pela dona da casa.

— É claro que endosso o convite de meu marido — disse ela friamente.

— Sei, Madame, mas preciso mais do que isso. A senhora realmente me *quer* aqui?

— Por que não?

— Sejamos mais francos. Minha pergunta é a seguinte: a senhora realmente quer ou não conhecer toda a verdade?

— Naturalmente.

Poirot suspirou.

— A senhora precisa dar essas respostas convencionais?

— Sou uma mulher convencional.

Depois ela mordeu o lábio, hesitou e disse:

— Talvez seja melhor falar francamente. Claro que entendo o senhor! Sua posição não é muito cômoda. Meu sogro foi brutalmente assassinado e, a não ser que se possa responsabilizar a pessoa mais suspeita, Horbury, por roubo e assassinato... e parece que não se pode... só existe uma alternativa: *alguém da família o matou*. Fazer justiça a essa pessoa significa vergonha e desgraça para todos nós... Falando honestamente, devo confessar que eu *não* quero que isso aconteça.

— Ficaria satisfeita se o assassino escapasse impunemente?

— Provavelmente, existem diversos crimes não-resolvidos em todo o mundo.

— Isso eu lhe garanto.

— Um a mais faz diferença, então?

— E quanto aos outros membros da família? — perguntou Poirot. — Os inocentes?

Ela encarou-o.

— Qual o problema?

— A senhora percebe que, se as coisas ficarem como deseja, *ninguém jamais saberá*? A sombra vai pairar sobre todos, igualmente...

— Não havia pensado nisso — disse ela, em dúvida.

— *Ninguém jamais saberá quem é o culpado...* — E acrescentou baixinho: — A não ser que a *senhora* já saiba, Madame.

— O senhor não tem o direito de dizer isso! — exclamou ela. — Não é verdade! Oh! Se ao menos fosse um estranho... não um membro da família...

— Talvez seja as duas coisas.

Ela o olhou fixamente.

— Como assim?

— Talvez seja um membro da família... e, ao mesmo tempo, um estranho... Não entende o que quero dizer? *Eh bien*, foi uma idéia que ocorreu na mente de Hercule Poirot. — Olhou para ela. — Bem, Madame, o que devo dizer ao sr. Lee?

Lydia levantou as mãos, depois deixou-as cair num súbito gesto de impotência.

— Claro... o senhor deve aceitar.

IV

Pilar encontrava-se no meio da sala de música. Estava muito ereta, os olhos movendo-se de um lado para outro, como um animal que teme um ataque.

— Quero sair daqui! — disse ela.

— Não é a única a se sentir assim — disse Stephen Farr gentilmente. — Mas não vão deixar-nos sair, querida.

— Você quer dizer... a polícia?

— É.

— Não é nada agradável estar envolvida com a polícia — disse Pilar seriamente. — É o tipo de coisa que não deveria acontecer com pessoas de respeito.

— Como você? — disse Stephen Farr, com um leve sorriso.

— Não, como Alfred e Lydia e David e George e Hilda e... claro... Magdalene, também.

Stephen acendeu um cigarro. Deu uma ou duas tragadas antes de perguntar:

— Por que a exceção?

— Que exceção?

— Por que excluir o irmão Harry?

Pilar riu, mostrando os dentes alvos e certos.

— Oh, Harry é diferente! Acho que ele sabe muito bem o que é estar envolvido com a polícia.

— Talvez você esteja certa. Não resta dúvida de que ele é um pouco pitoresco para se encaixar bem no quadro doméstico. — Ele prosseguiu: — Você gosta de seus parentes ingleses, Pilar?

Pilar respondeu com incerteza:

— São bonzinhos... são todos muito bonzinhos. Mas não riem muito, não são alegres.

— Minha querida, acaba de haver um crime nesta casa!

— Bem, é... — disse Pilar, em dúvida.

— Um crime — explicou Stephen didaticamente — não é um fato tão corriqueiro quanto essa sua atitude indiferente quer aparentar. Na Inglaterra, as pessoas levam os assassinatos a sério, não importa como sejam vistos na Espanha.

— Você está zombando de mim... — disse Pilar.

— Engana-se. Não estou com muita disposição para brincadeiras.

Pilar olhou-o e perguntou:

— Pois você também quer sair daqui?

— É.

— E o bonitão da polícia não deixa?

— Não perguntei a ele. Mas se perguntasse, não tenho dúvida de que responderia não. Tenho de vigiar meus passos, Pilar, e tomar muito, muito cuidado.

— Isso é cansativo — disse Pilar, balançando a cabeça.

— É um pouco mais que cansativo, querida. Além do mais, há aquele estrangeiro maluco andando por aqui. Acho que ele não serve para nada, mas me deixa em constante sobressalto.

Pilar estava de testa franzida.

— Meu avô era muito, muito rico, não?

— Imagino que sim.

— Com quem fica o dinheiro dele agora? Com Alfred e os outros?

— Depende do testamento.

Pilar falou, pensativa:

— Talvez tenha me deixado algum dinheiro, mas receio que não.

— Você vai ficar em boa situação — disse Stephen com bondade. — Afinal de contas, você pertence à família. Esta é sua casa. Eles cuidarão de você.

Pilar comentou com um suspiro:

— Esta... é minha casa. É engraçado isso. E, ao mesmo tempo, não é nada engraçado.

— Realmente, percebo que você não acha a casa muito alegre.

Pilar suspirou novamente.

— Você acha que se puséssemos uns discos na vitrola poderíamos dançar?

— Não ficaria bem — disse Stephen, de modo dúbio. — Todos na casa estão de luto, sua espanholinha insensível.

Pilar retrucou, arregalando bem os olhos.

— Mas eu não estou triste. Porque não cheguei a conhecer bem meu avô e, embora gostasse de conversar com ele, não quero chorar e ficar infeliz porque ele morreu. Fingir é ridículo.

— Você é adorável!

Pilar insistiu, persuasivamente:

— Poderíamos colocar meias e luvas no alto-falante para não fazer muito barulho, e ninguém ia ouvir.

— Vamos lá, tentação.

Ela riu alegremente e saiu correndo da sala em direção ao salão de baile, no outro extremo da casa.

Então, ao chegar ao corredor lateral que levava à porta do jardim, estancou fulminada. Stephen alcançou-a e parou também.

Hercule Poirot tirara um retrato da parede e examinava-o à luz do terraço. Levantou os olhos e os viu.

— Aha! — disse ele. — Chegaram num momento oportuno.

— O que está fazendo? — perguntou Pilar.

Ela aproximou-se dele.

— Estou estudando uma coisa muito importante — disse Poirot gravemente —, o rosto de Simeon Lee quando jovem.

— Ah, esse é meu avô?

— É, Mademoiselle.

Ela olhou atentamente o rosto pintado. Falou devagar:

— Que diferença, que diferença... Ele estava tão velho, tão encarquilhado. Aqui se parece com Harry, como Harry deve ter sido dez anos atrás.

Hercule Poirot assentiu.

— Sim, Mademoiselle. Harry Lee é bem o filho do pai. Agora aqui — ele acompanhou-a ao longo da galeria de retratos —, aqui está a Madame, sua avó: um rosto comprido e delicado, cabelos bem louros, doces olhos azuis.

— Como David — disse Pilar.

— Um pouco parecida com Alfred, também — acrescentou Stephen.

— A hereditariedade é muito importante — disse Poirot. — O sr. Lee e a esposa eram tipos diametralmente opostos. No conjunto, os filhos do casamento puxaram à mãe. Olhe só, Mademoiselle.

Apontou para um retrato de uma moça de cerca de 19 anos, com uma vasta cabeleira loura e ondulada, olhos azuis sorridentes. As cores eram as da mulher de Simeon Lee, mas havia um espírito, uma vivacidade que aqueles doces olhos azuis, aqueles traços plácidos jamais conheceram.

— Oh! — exclamou Pilar.

Seu rosto enrubesceu.

Levou a mão ao pescoço. Pegou um medalhão pendurado numa corrente de ouro. Pressionou o fecho e ele se abriu. O mesmo rosto sorridente olhou Poirot.

— Minha mãe — disse Pilar.

Poirot assentiu. Do outro lado do medalhão havia o retrato de um homem. Era jovem e bonito, cabelos pretos e olhos azul-escuros.

— Seu pai? — perguntou Poirot.

— É, meu pai. Muito bonito, não acha?

— Muito, mesmo. Poucos espanhóis têm olhos azuis, não é, Señorita?

— Às vezes, no Norte. Além disso, a mãe de meu pai era irlandesa.

Poirot disse, pensativo:

— Então a senhorita tem sangue espanhol, irlandês e inglês, e um toque cigano, também. Quer saber de uma coisa, Mademoiselle? Com uma herança dessas, a senhorita daria uma péssima inimiga.

Stephen riu.

— Lembra-se do que disse no trem, Pilar? Que você acabaria com seus inimigos cortando-lhes o pescoço? Oh!

Calou-se — percebendo subitamente o significado de suas palavras.

Hercule Poirot imediatamente mudou de assunto.

— Ah, sim, há uma coisa, Señorita, que gostaria de lhe pedir. Seu passaporte. Meu amigo, o superintendente, precisa dele. Como a senhorita sabe, existem as regras da polícia... muito idiotas, desgastantes, mas necessárias... para um estrangeiro neste país. E, é claro, por lei a senhorita é estrangeira.

Pilar levantou as sobrancelhas.

— Meu passaporte? Pois não, vou buscá-lo. Está no meu quarto.

Poirot desculpou-se, andando ao lado dela:

— Sinto muito incomodá-la. Sinto mesmo.

Haviam chegado ao final da longa galeria, onde havia um lance de escadas. Pilar subiu e Poirot acompanhou-a. Stephen seguiu-os também. O quarto de Pilar ficava junto da escada.

— Vou buscá-lo — disse ela, ao chegarem à porta.

Ela entrou. Poirot e Stephen Farr ficaram esperando do lado de fora.

Stephen falou, com remorsos:

— Foi uma estupidez minha dizer uma coisa daquelas. Mas acho que ela não percebeu, não é mesmo?

Poirot não respondeu. Tinha a cabeça um pouco inclinada para o lado, como se estivesse ouvindo.

— Os ingleses apreciam muito o ar puro — disse ele. — A srta. Estravados deve ter herdado esta característica.

— Por quê? — perguntou Stephen, arregalando os olhos.

— Porque embora o dia hoje esteja extremamente frio — disse Poirot calmamente —, um frio de rachar, como vocês dizem (não está ameno e ensolarado como ontem), a srta. Estravados acaba de levantar o vidro da janela. É impressionante gostar tanto de ar puro.

De repente, ouviu-se uma exclamação em espanhol dentro do quarto e Pilar reapareceu com um riso desconcertado.

— Ah! — gritou ela. — Como sou tola... e desajeitada. Minha bolsinha estava no parapeito e eu mexia com tanta pressa que derrubei meu passaporte pela janela. Caiu no canteiro lá embaixo. Vou buscá-lo.

— Pode deixar — disse Stephen.

Mas Pilar já passara por ele e gritou por sobre o ombro:

— Não, o erro foi meu. Vá para a sala de estar com Monsieur Poirot que levarei o passaporte lá.

Stephen Farr parecia inclinado a acompanhá-la, mas a mão de Poirot pousou delicadamente em seu braço.

— Vamos por aqui — disse Poirot.

Seguiram pelo corredor do primeiro andar, em direção ao outro lado da casa, até chegarem ao alto da escadaria principal. Hercule Poirot disse:

— Vamos ficar aqui mais um pouco. Venha comigo até o local do crime, por favor, pois quero perguntar-lhe uma coisa.

Seguiram pelo corredor que levava ao quarto de Simeon Lee. À esquerda, passaram por um recuo onde havia duas estátuas de mármore, ninfas robustas segurando seus drapeados, numa agonia própria da era vitoriana.

Stephen Farr olhou-as ligeiramente e murmurou:

— São assustadoras de dia. Pensei que fossem três quando passei por aqui aquela noite, mas, felizmente, são só duas!

— Não são admiradas hoje em dia — admitiu Poirot. — Mas, sem dúvida, custaram muito dinheiro naquela época. Devem ter melhor aspecto à noite, acho eu.

— Têm sim, a gente só vê uma silhueta branca e brilhante.

Poirot murmurou:

— À noite, todos os gatos são pardos!

Encontraram o superintendente Sugden no quarto. Estava ajoelhado ao lado do cofre, examinando-o com uma lente de aumento. Levantou a vista quando entraram.

— Foi aberto com uma chave, sim — disse ele. — Por alguém que sabia o segredo. Não há vestígio de mais nada.

Poirot aproximou-se dele, chamou-o de lado e falou qualquer coisa em seu ouvido. O superintendente fez um gesto afirmativo com a cabeça e saiu do quarto.

Poirot voltou-se para Stephen Farr, que estava parado, de olhos grudados na poltrona em que Simeon Lee costumava sentar-se. Estava de testa franzida, as veias saltadas nas têmporas. Poirot observou-o durante um ou dois minutos em silêncio, depois disse:

— Algumas recordações, não?

— Há dois dias — disse Stephen Farr lentamente —, ele estava sentado ali com vida... e agora... — Depois, saindo de seu devaneio, perguntou: — Pois não, Monsieur Poirot, o senhor me trouxe aqui para me fazer uma pergunta?

— Ah, sim. O senhor foi, acho eu, a primeira pessoa a chegar ao local naquela noite?

— Fui? Não me lembro. Não, acho que uma das senhoras chegou antes de mim.

— Que senhora?

— Uma das esposas... a de George ou a de David... só sei que as duas chegaram logo, logo.

— O senhor não ouviu o grito, não foi isso que disse?

— Acho que não. Não me lembro bem. Alguém gritou, mas pode ter sido lá embaixo.

— Não ouviu um barulho assim? — perguntou Poirot.

Jogou a cabeça para trás e, de repente, emitiu um urro penetrante.

Foi tão inesperado que Stephen deu um pulo para trás e quase caiu. Falou zangado:

— Pelo amor de Deus, quer assustar a casa toda? Não, nunca ouvi qualquer barulho parecido com esse! Vai deixar a casa toda em polvorosa! Vão pensar que houve outro crime!

Poirot ficou cabisbaixo. Murmurou:

— É verdade... foi uma tolice... Precisamos sair imediatamente.

Saiu apressadamente do quarto. Lydia e Alfred encontravam-se ao pé da escada, espiando para cima. George saiu da biblioteca e veio juntar-se a eles, e Pilar veio correndo com um passaporte na mão.

Poirot gritou:

— Não foi nada, nada. Não fiquem assustados. Apenas uma pequena experiência. Só isso.

Alfred ficou aborrecido e George, indignado. Poirot deixou as explicações a cargo de Stephen e seguiu rapidamente pelo corredor, para o outro lado da casa.

No final do corredor, o superintendente Sugden saiu silenciosamente do quarto de Pilar e encontrou-se com Poirot.

— *Eh bien?* — perguntou Poirot.

O superintendente abanou a cabeça.

— Nem um ruído.

Seus olhos encontraram-se com os de Poirot e ele fez um gesto afirmativo com a cabeça.

V

— Então aceita, Monsieur Poirot? — perguntou Alfred Lee.

Sua mão, ao ir até a boca, tremia ligeiramente. Seus olhos castanhos e suaves estavam brilhantes, com uma expressão nova e exaltada. Gaguejava um pouco ao falar. Lydia, de pé e em silêncio ao lado dele, olhava-o com ansiedade.

— O senhor não sabe... n-n-não imagina... o que isso s-s-significa para mim... O assassino de meu pai t-t-tem que ser descoberto.

— Já que o senhor me garante que refletiu muito, e com cuidado, sim, aceito. Mas o senhor compreende, sr. Lee, não pode haver desistência. Não sou homem de deixar o trabalho pela metade.

— Claro... claro... Está tudo pronto. Seu quarto está arrumado. Fique o tempo que quiser.

— Não vai levar muito tempo — disse Poirot gravemente.

— Hein? Como?

— Disse que não vai levar muito tempo. Neste crime, o círculo é tão restrito que não é possível demorar para chegarmos à verdade. Além disso, acho que o fim já se aproxima.

Alfred olhou-o fixamente.

— Impossível! — exclamou.

— De maneira alguma. Todos os fatos apontam, mais ou menos claramente, para uma direção. Alguns dados irrelevantes devem ser esclarecidos. Depois disso, a verdade aparecerá.

— O senhor quer dizer que já *sabe*? — perguntou Alfred, incrédulo.

Poirot sorriu.

— Oh, sim. Eu sei.

— Meu pai... meu pai...

Alfred virou-se.

Poirot falou bruscamente:

— Tenho dois pedidos a fazer.

— Qualquer coisa... qualquer coisa — disse Alfred com voz abafada.

— Então, em primeiro lugar, quero aquele retrato de Monsieur Lee quando jovem no quarto onde o senhor gentilmente me acomodar.

Alfred e Lydia olharam-no.

— O retrato de meu pai... mas para quê? — disse Alfred.

Poirot respondeu com um aceno de mão.

— Servirá... como diria... de inspiração.

— O senhor pretende, Monsieur Poirot — perguntou Lydia incisivamente —, resolver este crime por clarividência?

— Digamos, Madame, que pretendo utilizar não os olhos do corpo, mas os olhos da mente.

Ela deu de ombros.

Poirot continuou:

— Em segundo lugar, Monsieur Lee, gostaria que me explicasse as verdadeiras circunstâncias da morte do marido de sua irmã, Juan Estravados.

— É necessário? — perguntou Lydia.

— Quero todos os fatos, Madame.

— Juan Estravados — disse Alfred —, em conseqüência de uma briga por causa de uma mulher, matou um homem num bar.

— Como o matou?

Alfred olhou suplicante para Lydia, que respondeu:

— A facadas. Juan Estravados não foi condenado à morte, por ter sido provocado. Foi condenado a alguns anos e morreu na prisão.

— A filha dele sabe da história?

— Acho que não.

— Não — disse Alfred. — Jennifer nunca lhe contou.

— Obrigado.

— O senhor não acha que Pilar... Oh, isso é absurdo! — disse Lydia.

— Agora, sr. Lee, pode dar-me algumas informações sobre seu irmão, Monsieur Harry Lee?

— O que quer saber?

— Senti que era considerado uma espécie de ovelha negra da família. Por quê?

— Foi há tanto tempo... — disse Lydia.

Alfred falou, a cor voltando-lhe às faces:

— Se quer mesmo saber, Monsieur Poirot, ele roubou uma enorme quantia falsificando a assinatura de meu pai num cheque. Meu pai, naturalmente, não o processou. Harry sempre foi um canalha. Arranjou confusão em toda parte do mundo. Telegrafava sempre pedindo dinheiro, para sair de uma enrascada. Foi parar na cadeia em diversos lugares.

— Você não tem *certeza* disso, Alfred — disse Lydia.

Alfred respondeu zangado, com as mãos trêmulas:

— Harry não presta... não presta! Nunca prestou!

— Percebo que não há afeto entre vocês — disse Poirot.

— Ele sacrificou meu pai. Sacrificou-o vergonhosamente!

Lydia suspirou — um suspiro rápido, impaciente. Poirot ouviu e lançou-lhe um olhar profundo.

— Se ao menos os diamantes aparecessem — disse ela. — Tenho certeza de que a solução está aí.

— *Eles foram encontrados*, Madame.

— O quê?

Poirot esclareceu gentilmente:

— Foram encontrados em seu pequeno jardim do mar Morto...

Lydia gritou:

— Em meu jardim! Que... que extraordinário!

— Não é mesmo, Madame?

Sexta parte

27 de dezembro

I

Alfred Lee disse com um suspiro:

— Foi melhor do que eu imaginava!

Tinham acabado de chegar do inquérito.

O sr. Charlton, um tipo antiquado de advogado com olhos azuis cautelosos, estivera presente e voltara com eles. Disse:

— Ah... mas eu tinha avisado que os procedimentos seriam meramente formais. Meramente formais... tudo indicava que haveria um adiamento... para permitir que a polícia reúna mais alguns dados.

— Tudo isso é muito desagradável — disse George Lee, contrariado —, *muito* desagradável mesmo... a gente fica numa posição horrível! Eu estou convencido de que este crime foi cometido por um maníaco que, de uma forma ou de outra, conseguiu entrar em casa. Esse tal de Sugden é teimoso como uma mula. O coronel Johnson deveria pedir ajuda à Scotland Yard. A polícia local não é eficiente. Cabeças-duras. Esse tal de Horbury, por exemplo? Ouvi dizer que seu passado é definitivamente comprometedor, mas a polícia não faz nada.

— Ah, acredito que Horbury — disse Charlton — tenha um álibi satisfatório cobrindo o período de tempo em questão. A polícia aceitou-o.

— E por quê? — George estava furioso. — Se eu fosse a polícia, aceitaria esse álibi com reservas, com muitas reservas. Claro, um criminoso sempre arranja um álibi! É o dever da polícia desmascarar esse álibi. Quer dizer, se forem mesmo competentes.

— Bem, bem — disse o sr. Charlton. — Não creio que nos caiba ensinar a polícia, hein? Num todo, são homens muito competentes.

George balançou a cabeça, pesaroso.

— A Scotland Yard deveria ser requisitada. Não estou nada satisfeito com o superintendente Sugden... pode ser minucioso, mas nada tem de brilhante.

— Não concordo com o senhor, sabe disso — argumentou o sr. Charlton. — Sugden é um bom homem. Não faz estardalhaço, mas chega lá.

— Tenho certeza de que a polícia está fazendo o possível — disse Lydia. — Sr. Charlton, aceita um cálice de xerez?

O sr. Charlton agradeceu educadamente, mas recusou. Depois, pigarreando, passou à leitura do testamento, já que todos os membros da família estavam reunidos.

Leu com certo prazer, demorando-se nas construções mais obscuras e saboreando os detalhes técnicos.

Chegou ao final, tirou os óculos, limpou-os e passou os olhos pelo grupo reunido, de modo indagador.

— Toda essa arenga legal é difícil de acompanhar — disse Harry Lee. — Diga-nos apenas o essencial.

— Ora — disse o sr. Charlton —, trata-se de um testamento bem simples.

— Meu Deus! — exclamou Harry. — Como seria um testamento difícil, então?

O sr. Charlton repreendeu-o com um olhar frio.

— As providências básicas do testamento são bem simples. Metade das posses do sr. Lee vai para seu filho, sr. Alfred Lee. O restante deve ser dividido entre os demais filhos.

Harry sorriu desagradavelmente.

— Como sempre, Alfred foi o sortudo! Metade da fortuna de meu pai! Sortudo mesmo, não, Alfred?

Alfred ficou rubro. Lydia falou rispidamente:

— Alfred foi um filho leal e dedicado ao pai. Administrou os bens durante anos e ficou com toda a responsabilidade.

— Ah, sim — disse Harry. — Alfred sempre foi o bom menino.

Alfred retrucou bruscamente:

— *Você* deveria considerar-se um sortudo, Harry, por meu pai lhe ter deixado alguma coisa.

Harry riu, jogando a cabeça para trás.

— Você teria achado melhor que ele tivesse me cortado de vez, não? Você nunca gostou de mim.

O sr. Charlton tossiu. Estava acostumado — deveras acostumado — às cenas embaraçosas que se seguiam à leitura de um testamento. Estava ansioso por ir embora, antes que a corriqueira briga de família se aprofundasse demais. Murmurou:

— Eu acho... é... que isso é tudo que preciso... bem...

— E Pilar? — perguntou Harry incisivamente.

O sr. Charlton tossiu novamente, desta vez em sinal de desculpas.

— Bem... a srta. Estravados não é mencionada no testamento.

— E não recebe a parte da mãe? — perguntou Harry.

O sr. Charlton explicou:

— A Señora Estravados certamente receberia uma parte igual à dos demais. No entanto, como já morreu, a porção que lhe caberia reverte para o total a ser dividido entre os senhores.

Pilar disse lentamente, com seu forte sotaque do Sul:

— Então... eu não recebo... nada?

Lydia falou rapidamente:

— Minha querida, a família cuidará de você, é claro.

— Você vai poder morar aqui com Alfred... não é, Alfred? — disse George. — Nós... é... você é nossa sobrinha... é nosso dever zelar por você.

— Será sempre um prazer ter Pilar conosco — disse Hilda.

— Ela deveria receber seu quinhão — reclamou Harry. — Deveria ficar com a parte de Jennifer.

O sr. Charlton murmurou:

— Bem... preciso ir, agora. Até logo, sra. Lee. Se precisar de alguma coisa... bem... pode consultar-me a qualquer momento...

Escapuliu rapidamente. Sua experiência lhe permitia prever que todos os ingredientes de uma briga familiar estavam presentes.

Quando a porta se fechou após a saída do advogado, Lydia falou em voz clara:

— Concordo com Harry. Acho que Pilar tem direito a uma parte fixa. O testamento foi feito muitos anos antes da morte de Jennifer.

— Bobagem — disse George. — Esta é uma idéia tola e ilegal, Lydia. Lei é lei. Devemos acatá-la.

— É muito azar, claro — reiterou Magdalene — e sentimos muito por Pilar, mas George está certo: lei é lei.

Lydia levantou-se. Pegou Pilar pela mão.

— Minha querida — disse ela —, tudo isso é muito desagradável para você. Não seria melhor você sair para discutirmos o assunto?

Levou a moça até a porta.

— Não se preocupe, querida Pilar. Deixe comigo.

Pilar saiu lentamente da sala. Lydia fechou a porta e voltou.

Houve um momento de silêncio enquanto todos respiravam fundo e, logo depois, a batalha desencadeava-se a todo vapor.

— Você sempre foi unha-de-fome, George! — disse Harry.

— Mas nunca fui perdulário e canalha como você!

— Foi tão perdulário quanto eu! Viveu à custa de papai esses anos todos.

— Você parece esquecer que tenho uma posição respeitável e árdua que...

— Respeitável e árdua uma ova! — exclamou Harry. — Você não passa de um paspalho presunçoso!

— Como se atreve? — gritou Magdalene.

A voz calma de Hilda, um pouco alta, disse:

— Não poderíamos discutir *civilizadamente*?

Lydia lançou-lhe um olhar agradecido.

David falou com súbita violência:

— Será mesmo necessário tanto barulho por causa de *dinheiro*?

Magdalene dirigiu-se a ele, venenosamente:

— É muito bonito ser tão despojado. Você não vai recusar sua herança, vai? *Você* quer o dinheiro tanto quanto nós! Todo esse desinteresse não passa de pose!

David retrucou, a voz estrangulada:

— Acha que eu deveria recusar?

— Claro que não! — disse Hilda rispidamente. — Não é possível agirmos assim, como crianças! Alfred, você é o chefe da família...

Alfred pareceu estar acordando de um sonho.

— Desculpem-me. Todos gritando ao mesmo tempo. Eu... eu... fiquei atordoado.

— Como bem disse Hilda — falou Lydia —, não é possível agirmos como crianças vorazes. Vamos discutir de modo calmo e civilizado e — acrescentou rapidamente — um assunto de cada vez. Alfred será o primeiro a falar porque é o mais velho. O que acha, Alfred, que deveríamos fazer por Pilar?

Alfred respondeu lentamente:

— Deve morar aqui, sem dúvida. E deveríamos dar-lhe uma mesada. Mas não creio que tenha nenhum respaldo legal para exigir o dinheiro que caberia a sua mãe. Ela não é Lee, lembre-se. É uma espanhola.

— Respaldo legal, não — disse Lydia. — Mas acho que tem respaldo *moral*. Vejo as coisas assim: o pai de vocês, embora a filha se tenha casado com um espanhol contra sua vontade, reconheceu-a como filha, deixando-lhe uma parte igual à dos outros. A George, Harry, David e Jennifer caberiam partes iguais. Jennifer morreu há apenas um ano. Tenho certeza de que, quando o velho mandou chamar o sr. Charlton, pretendia deixar Pilar numa boa situação pelo novo testamento. Deixaria para ela, no mínimo, a parte de sua mãe. É possível, até, que deixasse mais que isso. Ela era a única neta, lembrem-se. Acho que *o mínimo* que podemos fazer é reparar uma injustiça que o pai de vocês já se dispusera a reparar.

— Muito bem exposto, Lydia — disse Alfred, emocionado. — Eu estava errado. Concordo com você: Pilar deve receber a parte de Jennifer.

— Sua vez, Harry — disse Lydia.

— Já sabem que concordo. Acho que Lydia expôs o caso muito bem e gostaria de dizer que a admiro por isso.

— George? — disse Lydia.

George estava vermelho. Explodiu:

— Claro que não! Isso é um absurdo! Que lhe seja dada uma casa e uma mesada para se vestir, e basta!

— Então, nega-se a cooperar? — perguntou Alfred.

— Sim, nego-me.

— E ele está certo — disse Magdalene. — É uma lástima sugerir uma coisa dessas! Considerando que George é o *único* membro da família que fez *alguma coisa* na vida, acho uma vergonha seu pai ter-lhe deixado tão pouco!

— David? — disse Lydia.

— Bem, acho que vocês têm razão — disse David vagamente. — É uma pena que tenha de haver tanta desavença e disputa por causa disso.

— Você tem razão, Lydia — disse Hilda. — Trata-se, apenas, de justiça!

Harry olhou ao redor e disse:

— Bem, já está tudo claro — disse ele. — Da família, Alfred, eu e David somos a favor da moção. George é contra. Os prós ganharam.

George interrompeu rispidamente:

— Não se trata de prós e contras. Minha parte dos bens de meu pai é absolutamente minha. Não abro mão de um centavo sequer.

— Não mesmo — concordou Magdalene.

— Se querem ficar de fora, o problema é de vocês — disse Lydia rispidamente. — Tiraremos de nossas cotas a parte que lhes caberia.

Olhou ao redor procurando apoio, e os outros balançaram a cabeça afirmativamente.

— Alfred ficou com a maior parte — disse Harry. — Deveria, portanto, contribuir com uma quantia maior.

— Já vi que sua sugestão original e desinteressada logo cairá por terra.

— Não vamos começar tudo de novo! — disse Hilda com firmeza. — Lydia transmitirá a Pilar nossa decisão. Mais tarde acertaremos os detalhes. — E acrescentou, na esperança de mudar de assunto: — Onde estarão o sr. Farr e Monsieur Poirot?

— Deixamos Monsieur Poirot na cidade, a caminho do inquérito — esclareceu Alfred. — Ele nos disse que tinha uma compra importante a fazer.

— Por que *ele* não foi ao inquérito? — perguntou Harry. — Era o que deveria ter feito!

— Talvez já soubesse que não seria importante — sugeriu Lydia. — Quem está lá no jardim? O superintendente Sugden ou o sr. Farr?

Os esforços das duas mulheres tiveram bom resultado. O conclave familiar chegou ao fim.

Lydia falou com Hilda em particular:

— Obrigada, Hilda. Foi muito bom receber o seu apoio. Você tem sido *mesmo* um grande alento em tudo isso.

— É incrível como o dinheiro modifica as pessoas — disse Hilda, pensativa.

Os outros haviam saído da sala. As duas mulheres estavam sozinhas.

— É verdade — concordou Lydia —, até mesmo Harry... embora tenha sido sugestão dele! E meu pobre Alfred... é tão britânico... não gosta mesmo da idéia de o dinheiro dos Lee passar para uma espanhola.

— Você acha que nós mulheres somos mais desprendidas? — disse Hilda sorrindo.

Lydia balançou os ombros graciosos.

— Quer saber de uma coisa? Na verdade, não é nosso dinheiro... nosso mesmo não é! E isso faz diferença.

— É uma moça estranha... essa Pilar — disse Hilda pensativa. — O que será dela?

Lydia suspirou.

— Ainda bem que será independente. Acho que se ficasse morando aqui, tendo casa e recebendo mesada, não ficaria muito satisfeita. Ela é muito orgulhosa e, creio, muito... muito... estrangeira. — E acrescentou, bem-humorada: — Certa vez eu trouxe uns belos lápis-lazúlis do Egito. Lá, contrastando com o sol e com a areia, tinham uma cor maravilhosa, um azul brilhante. Mas quando cheguei em casa, o azul desapareceu quase totalmente. As pedras não passavam de continhas desbotadas, escuras.

— É, entendo...

— Estou tão contente por ter conhecido você e David finalmente. Que bom que vocês vieram!

— E, nesses últimos dias, como me arrependi de estar aqui! — suspirou Hilda.

— Entendo. Deve ter se arrependido mesmo... Mas sabe de uma coisa, Hilda? O choque não afetou David tanto quanto poderíamos imaginar. Quero dizer, ele é tão sensível que poderia ter ficado totalmente perturbado. Na verdade, desde o crime, ele está com aspecto bem melhor...

Hilda ficou ligeiramente abalada. Falou:

— Então você notou isso? De certa forma, é terrível... Mas, oh, Lydia! Aconteceu isso mesmo!

Ficou em silêncio por um instante, recordando-se das palavras que o marido lhe dissera na noite anterior. Ele havia falado, ansiosamente, o cabelo jogado para trás: "Hilda, lembra-se na *Tosca*, quando Scarpia morre e Tosca acende as velas junto de sua cabeça e de seus pés? Lembra-se do que ela diz: '*Agora* posso perdoá-lo...' É isso o que sinto... em relação a meu pai. Percebo, agora, que durante todos esses anos não consegui perdoá-lo, por mais que quisesse... Mas agora... *agora*... não há mais rancor. Apagou-se tudo. E sinto... oh, sinto como se um grande peso tivesse saído de minhas costas."

Ela respondera, lutando para afastar um medo repentino: "Por ele estar morto?"

Ele respondera depressa, gaguejando devido à ansiedade: "Não, não, você não entendeu. Não porque *ele* esteja morto, e sim porque meu ódio idiota e infantil está morto..."

Hilda lembrava-se daquelas palavras nesse momento.

Teve vontade de repeti-las à mulher a seu lado, mas achou, instintivamente, que seria mais sensato não fazê-lo.

Saiu com Lydia da sala de estar até o saguão.

Magdalene encontrava-se lá, de pé ao lado da mesa do saguão com um embrulhinho nas mãos. Levou um susto ao vê-las. Disse:

— Oh, isto deve ser a importante compra de Monsieur Poirot. Vi-o colocando aqui agorinha mesmo. Gostaria de saber o que é.

Olhou para uma e para a outra, dando umas risadinhas, mas seus olhos furtivos e ansiosos desmentiam a alegria afetada de suas palavras.

Lydia levantou as sobrancelhas e disse:

— Vou tomar um banho antes do almoço.

Magdalene disse, ainda, com aquela afetação infantil, mas incapaz de ocultar o tom de desespero na voz:

— Tenho de dar uma *espiadinha*!

Desfez o embrulho e soltou uma exclamação contundente. Olhou fixamente para o objeto em sua mão.

Lydia parou e Hilda também. As duas arregalaram os olhos.

Magdalene falou, intrigada:

— É um bigode falso. Mas... mas... por quê?

— Disfarce? — perguntou Hilda, em dúvida. — Mas...

Lydia acabou a frase por ela.

— Mas Monsieur Poirot tem um belíssimo bigode!

Magdalene refazia o embrulho. Falou:

— Não estou entendendo. É... é uma *loucura. Por que* Monsieur Poirot comprou um bigode falso?

II

Ao sair da sala de estar, Pilar andou lentamente ao longo do saguão. Stephen Farr entrava pela porta do jardim. Disse ele:

— Como é? O conclave familiar acabou? O testamento já foi lido?

Pilar respondeu, com a respiração acelerada:

— Não recebi nada... absolutamente nada! O testamento foi feito há muitos anos. Meu avô deixou dinheiro para minha mãe, mas, estando ela morta, sua parte não fica para mim e sim para *eles*.

— Uma notícia realmente desagradável — comentou Stephen.

— Se o velho estivesse vivo — disse Pilar —, faria um novo testamento. Teria deixado dinheiro para *mim*... um bocado de dinheiro! Talvez, com o tempo, me deixasse o dinheiro *todo*!

— O que também não seria muito justo, não é? — disse Stephen sorrindo.

— Por que não? Ele ia gostar mais de mim, só isso.

— Que criancinha gananciosa é você. Um verdadeiro caça-níqueis.

— O mundo é muito cruel com as mulheres — disse Pilar com seriedade. — Elas têm de se arranjar enquanto são jovens. Quando ficam velhas e feias, ninguém se dispõe a ajudá-las.

— É uma grande verdade; não gosto nem de pensar — disse Stephen lentamente. — Mas nem sempre é assim. Alfred Lee, por exemplo, gostava mesmo do pai, embora o velho fosse absurdamente exasperante e exigente.

Pilar levantou o queixo.

— Alfred é um grande bobo.

Stephen riu. Depois disse:

— Bem, não se preocupe, adorável Pilar. Os Lee vão cuidar de você, e você sabe disso.

— O que não vai ser muito divertido — disse Pilar, desconsolada.

— Não, acho que não — disse Stephen lentamente. — Não consigo imaginar você morando aqui, Pilar. Quer vir comigo para a África do Sul?

Pilar fez um gesto afirmativo com a cabeça.

— Lá existe sol, espaço — disse Stephen. — E muito trabalho, também. Você gosta de trabalhar, Pilar?

— Não sei.

— Preferiria ficar sentada numa varanda, comendo doces o dia inteiro? E ficar enorme de gorda, com três papadas?

Pilar deu uma risada e Stephen disse:

— Já melhorou. Consegui fazer você rir.

— Pensei que iria rir neste Natal! — disse Pilar. — Nos livros, a gente lê que o Natal inglês é muito alegre, que se comem passas quentes, que tem um bolo de ameixas que vem para a mesa em chamas e mais um negócio chamado acha de Natal.

— Ah — disse Stephen —, mas aí o Natal não pode ser complicado por um assassinato. Venha até aqui um instante. Lydia mostrou-me ontem. É sua despensa.

Levou-a até um pequeno aposento, pouco maior que um armário embutido.

— Veja, Pilar, caixas e mais caixas de bolachas, compotas de frutas e laranjas, tâmaras, nozes. E aqui...

— Oh! — Pilar juntou as mãos. — Que... que lindas essas bolas douradas e prateadas!

— Seriam penduradas numa árvore, com presentes para os empregados. E aqui, esses bonequinhos de neve, todos brilhantes, para colocar na mesa de jantar. E aqui estão os balões de todas as cores, prontinhos para serem enchidos!

— Oh! — Os olhos de Pilar brilhavam. — Oh! vamos encher um? Lydia não vai se importar. Eu adoro balões.

— Bobinha! Qual deles você prefere?

— Quero um vermelho! — exclamou Pilar.

Escolheram seus balões e encheram, estufando as bochechas. Pilar parou de soprar para rir, e seu balão esvaziou-se novamente.

— Você fica tão engraçado — disse ela — soprando... com as bochechas inchadas.

Parou de rir. Depois voltou ao trabalho, soprando vigorosamente. Amarraram seus balões e começaram a brincar com eles, jogando-os ora para o alto, ora de um lado para o outro.

— Lá no saguão deve haver mais espaço — sugeriu Pilar.

Estavam jogando os balões, rindo muito, quando Poirot surgiu no saguão. Ficou a observá-los ternamente.

— Então estão jogando *les jeux d'enfants*? Muito bonito isso!

Pilar falou, sem respiração:

— O meu é o vermelho. É maior que o dele. Muito maior. Se levássemos lá para fora, ele iria direitinho para o céu.

— Vamos jogá-los para cima e fazer um pedido — sugeriu Stephen.

— Ah, é, boa idéia.

Pilar correu até a porta do jardim, Stephen atrás dela. Poirot veio em seguida, ainda com ar indulgente.

— Vou desejar um monte de dinheiro — anunciou Pilar.

Ficou na ponta dos pés, segurando o barbante do balão. Ele balançava suavemente ao sabor do vento. Pilar soltou-o e ele voou, carregado pela brisa.

Stephen riu.

— Você não deve contar seu pedido.

— Não? Por que não?

— Porque assim ele não se realiza. Agora vou fazer meu pedido.

Soltou seu balão. Mas não teve tanta sorte. Ele voou para o lado, ficou preso num arbusto de azevinho e estourou.

Pilar correu até o balão.

— Foi-se... — anunciou tragicamente.

Depois, esfregando um pedacinho de borracha com os dedos do pé, comentou:

— Então foi isso o que peguei no quarto do meu avô. Ele, também, teve um balão, só que o dele era cor-de-rosa.

Poirot soltou uma exclamação contundente. Pilar voltou-se, curiosa.

— Não foi nada — disse Poirot. — Dei uma facada... não, uma topada... com o pé.

Fez meia-volta e olhou para a casa.

— Tantas janelas! — disse ele. — Uma casa, Mademoiselle, tem seus olhos... e ouvidos. É de fato lamentável que os ingleses gostem tanto de janelas abertas.

Lydia surgiu no terraço.

— O almoço está servido. Pilar, querida, as coisas foram arranjadas satisfatoriamente. Alfred vai explicar-lhe todos os detalhes depois do almoço. Vamos entrar?

Entraram em casa. Poirot entrou por último. Tinha a fisionomia grave.

III

O almoço terminara.

Quando saíam da sala de jantar, Alfred disse a Pilar:

— Poderia vir até minha sala? Preciso conversar com você.

Acompanhou-a através do saguão até seu escritório e fechou a porta. Os outros foram para a sala de estar. Apenas Hercule Poirot permaneceu no saguão, olhando pensativamente para aquela porta fechada.

Percebeu, subitamente, que o velho mordomo caminhava junto dele, sem jeito.

— Sim, Tressilian, o que há? — perguntou Poirot.

O velho parecia perturbado. Disse:

— Queria falar com o sr. Lee, mas não gostaria de interrompê-lo agora.

— Aconteceu alguma coisa? — perguntou Poirot.

— Uma coisa tão estranha — respondeu Tressilian lentamente. — Não faz sentido.

— Diga-me — pediu Hercule Poirot.

Tressilian hesitou, depois resolveu falar:

— Bem, é o seguinte, senhor: o senhor deve ter notado que em cada um dos lados da porta da frente havia uma bala de canhão. Bolas de pedra, grandes e pesadas. Bem, senhor, *uma delas sumiu.*

Hercule Poirot levantou as sobrancelhas. Perguntou:

— Desde quando?

— As duas estavam lá hoje de manhã, senhor. Posso jurar.

— Vamos ver.

Saíram juntos pela porta da frente. Poirot curvou-se e examinou a bala de canhão que restava. Quando se levantou, tinha a fisionomia muito grave.

Tressilian perguntou com voz trêmula:

— Quem desejaria roubar uma coisa dessas, senhor? Não faz *sentido.*

— Não gosto disso — disse Poirot. — Não gosto nada disso...

Tressilian observava-o com ansiedade. Falou lentamente:

— O que está acontecendo nesta casa, senhor? Desde que o patrão morreu, não parece mais o mesmo lugar. Sinto o tempo todo como se estivesse sonhando. Confundo as coisas e às vezes sinto que não posso confiar em meus próprios olhos.

Poirot balançou a cabeça. Disse:

— Você se engana. É justamente em seus olhos que deve confiar.

— Minha vista está ruim — replicou Tressilian, abanando a cabeça —, não consigo mais ver como antigamente. Confundo as coisas... e as pessoas. Estou ficando velho demais para meu trabalho.

Hercule Poirot deu-lhe uns tapinhas no ombro e disse:

— Coragem.

— Obrigado, senhor. Diz isso por gentileza, bem sei. Mas a verdade é que estou velho demais. Estou sempre me lembrando de tempos antigos e de antigos rostos. A srta. Jenny, o sr. David e o sr. Alfred. Sempre os vejo quando eram jovens. Desde aquela noite em que o sr. Harry voltou para casa...

Poirot assentiu.

— Sei — disse ele —, foi o que pensei. Você disse ainda agora "desde que o patrão morreu", mas aconteceu antes disso. *Foi desde que o sr. Harry voltou para casa*, não foi, que as coisas mudaram, parecendo irreais?

— Tem razão, senhor — confirmou o mordomo. — Foi sim. O sr. Harry sempre trouxe problemas para esta casa, mesmo naquela época.

Seus olhos voltaram-se para a base de pedra, vazia.

— Quem pode ter levado aquilo, senhor? — murmurou ele. — E por quê? Parece... parece uma casa de doidos.

— Não tenho medo da loucura — disse Hercule Poirot — e sim da lucidez! Alguém, Tressilian, corre grande perigo.

Entrou de novo na casa.

Naquele momento, Pilar saiu do escritório. Em cada uma das faces havia uma manchinha rosada. Trazia a cabeça erguida e seus olhos brilhavam.

Quando Poirot se aproximou, ela bateu o pé de repente e disse:

— Isso eu não aceito.

Poirot levantou as sobrancelhas. Perguntou:

— Não aceita o quê, Mademoiselle?

— Alfred acaba de me dizer que receberei a parte de minha mãe, que meu avô deixaria para ela.

— E daí?

— Por lei, eu não poderia receber, foi o que ele me disse. Mas ele, Lydia e os outros acham que deve ficar para mim. Dizem que é uma questão de justiça. Então vão passar o dinheiro para mim.

— E daí? — perguntou Poirot novamente.

Mais uma vez Pilar bateu o pé no chão.

— O senhor não entende? Eles estão me dando... me *dando*.

— E isso fere seu orgulho? Já que o que eles dizem é verdade... que, por justiça, o dinheiro deveria ser seu?

— O senhor não entende...

— Pelo contrário — disse Poirot. — Entendo muito bem.

— Oh!... — Ela voltou-se, irritada.

Soou a campainha da porta. Poirot deu uma olhada por sobre o ombro. Viu a silhueta do superintendente Sugden do lado de fora. Disse apressadamente a Pilar:

— Para onde vai a Señorita?

— Para a sala de estar — disse ela, emburrada. — Juntar-me aos outros.

Poirot falou depressa:

— Ótimo. Fique com eles. Não ande por aí sozinha, especialmente depois de escurecer. Fique em guarda. A senhorita corre grande perigo. A senhorita jamais correrá tanto perigo quanto hoje.

Afastou-se dela e foi encontrar-se com Sugden.

Este esperou até que Tressilian voltasse para a copa. Depois, praticamente esfregou um telegrama no nariz de Poirot.

— Agora veja isto! Leia. É da polícia sul-africana.

O telegrama dizia:

O filho único de Ebenezer Farr morreu há dois anos.

— Agora sabemos! — disse Sugden. — Engraçado... eu estava num caminho totalmente errado...

IV

Pilar entrou na sala de estar, a cabeça erguida.

Dirigiu-se diretamente a Lydia, sentada junto à janela fazendo seu tricô.

— Lydia, vim dizer-lhe que não aceitarei aquele dinheiro. Vou-me embora... imediatamente...

Lydia ficou atônita. Pôs de lado o tricô e disse:

— Minha querida, Alfred deve ter explicado de maneira muito desastrosa! Não se trata, nem de longe, de uma questão de caridade, se é assim que se sente. Acredite, não é uma questão de bondade ou generosidade de nossa parte. É um caso simples de certo e errado. No curso normal dos acontecimentos, sua mãe teria herdado esse dinheiro, e você o receberia através dela. É seu direito. Direito de sangue. É uma questão, não de caridade, mas de *justiça*!

— E é por isso que não posso aceitar — disse Pilar com veemência —, quando você fala assim, quando você age assim! Gostei de vir aqui. Foi divertido! Foi uma aventura, mas agora vocês estragaram tudo! Vou-me embora agora, imediatamente. Nunca mais incomodarei nenhum de vocês...

As lágrimas sufocaram sua voz. Voltou-se e saiu da sala às cegas.

Lydia arregalou os olhos. Disse, desolada:

— Jamais imaginaria que ela recebesse dessa maneira!

— A moça parece muito abalada — comentou Hilda.

George pigarreou e falou portentosamente:

— Bem, como frisei hoje pela manhã, o princípio envolvido estava errado. Pilar teve o bom senso de perceber isso. Recusa-se a aceitar a caridade...

— *Não* é caridade — disse Lydia rispidamente. — É direito dela!

— Ela não parece pensar o mesmo! — retrucou George.

O superintendente Sugden e Hercule Poirot entraram. Sugden olhou ao redor e perguntou:

— Onde está o sr. Farr? Gostaria de ter uma palavrinha com ele.

Antes que alguém tivesse tempo de responder, Poirot perguntou bruscamente:

— Onde está a Señorita Estravados?

George Lee respondeu com uma nota de satisfação maliciosa:

— Vai embora; pelo menos, é o que diz. Parece que se cansou de seus parentes ingleses.

Poirot deu meia-volta. Disse a Sugden:

— Venha!

Quando os dois homens chegaram ao saguão, ouviu-se um barulho de um baque pesado e um grito distante.

— Depressa. Vamos... — gritou Poirot.

Correram pelo saguão e subiram a escada mais distante. A porta do quarto de Pilar estava aberta e um homem achava-se no portal. Ele virou a cabeça quando eles começaram a subir. Era Stephen Farr.

— Está viva... — disse ele.

Pilar estava espremida contra a parede de seu quarto. Tinha os olhos grudados no chão, onde havia uma enorme bala de canhão.

Falou quase sem fôlego:

— Estava em cima de minha porta, equilibrada ali em cima. Teria esmagado minha cabeça quando entrei, mas minha saia ficou presa num prego e me deu um puxão para trás bem na hora em que eu estava entrando.

Poirot ajoelhou-se e examinou o prego. Nele havia um fio de *tweed* roxo. O detetive levantou os olhos e disse gravemente:

— O prego, Mademoiselle, salvou sua vida.

O superintendente perguntou, atônito:

— O que significa isso?

— Alguém tentou me matar! — exclamou Pilar.

Ela balançou a cabeça afirmativamente diversas vezes.

O superintendente Sugden deu uma olhada para o alto da porta.

— Uma armadilha — disse ele. — Uma armadilha antiga... com o objetivo de matar alguém! É o segundo crime planejado nesta casa. Mas desta vez não se concretizou!

Stephen Farr disse apressadamente:

— Graças a Deus você está salva.

Pilar abriu os braços, num gesto largo de apelo:

— *Madre de Dios!* — exclamou ela. — Por que alguém quis me *matar*? O que foi que eu fiz?

Hercule Poirot respondeu lentamente:

— A senhorita deveria perguntar, Mademoiselle, *o que é que eu sei*?

Ela arregalou os olhos.

— Sei? Eu não sei de nada.

— Aí é que a senhorita se engana — disse Hercule Poirot. — Diga-me, Mademoiselle Pilar, onde estava na hora do crime? Não estava neste quarto.

— Estava! Já lhes disse!

O superintendente Sugden falou com falsa meiguice:

— Sim, mas não estava falando a verdade quando disse isso. A senhorita nos disse que ouviu seu avô gritar. Não poderia ter ouvido se estivesse aqui... o sr. Poirot e eu testemunhamos isso ontem.

— Oh! — Pilar prendeu a respiração.

— Estava em algum lugar bem mais próximo do quarto dele — disse Poirot. — Vou dizer-lhe onde acho que se encontrava, Mademoiselle. Estava no recuo onde ficam as estátuas, bem perto da porta do quarto de seu avô.

Pilar falou, espantada:

— Oh... Como sabia?

— O sr. Farr viu-a lá — disse Poirot com um leve sorriso.

— Eu não vi! — disse Stephen bruscamente. — Isso é uma grande mentira!

— Peço que me desculpe, sr. Farr — disse Poirot —, mas o senhor *realmente* a viu. Lembra-se de sua impressão de que havia *três* estátuas naquele recuo, e não *duas*? Apenas uma pessoa usava vestido branco naquela noite: Mademoiselle Estravados. Era *ela* a terceira figura branca que o senhor viu. Não é verdade, Mademoiselle?

Pilar respondeu, depois de um momento de hesitação:

— Sim, é verdade.

— Agora, Mademoiselle — sugeriu Poirot delicadamente —, conte-nos toda a verdade. *Por que* estava ali?

— Saí da sala de estar depois do jantar e pensei em ir ver meu avô. Achei que ele ficaria satisfeito. Mas quando entrei no corredor, vi que havia outra pessoa junto à porta. Eu não queria ser vista, pois sabia que meu avô não pretendia ver ninguém naquela noite. Escondi-me no recuo, para o caso de a pessoa se voltar. Depois, de repente, ouvi uma barulhada, cadeiras, mesas — ela abanava as mãos —, tudo caindo e quebrando. Não me mexi. Não sei por quê. Estava apavorada. E depois foi aquele grito terrível — ela se benzeu — e meu coração parou de bater e eu disse *"alguém morreu..."*.

— E daí?

— E aí as pessoas começaram a correr pelo corredor, eu apareci e juntei-me a elas.

— A senhorita não falou nada disso quando a interrogamos pela primeira vez — disse Sugden incisivamente. — Por que não?

Pilar balançou a cabeça. Respondeu com ar de sabedoria:

— Nunca é bom dizer muita coisa à polícia. Eu pensei, veja bem, que se dissesse que estava por perto, vocês poderiam pensar que *eu* o tinha matado. Então disse que estava em meu quarto.

Sugden falou com rispidez:

— Mas mentindo desse jeito, só podemos concluir que a senhorita deve mesmo ficar sob suspeita.

— Pilar? — disse Stephen Farr.

— O que foi?

— *Quem você viu junto à porta* quando entrou no corredor? Diga-nos.

— Sim, diga-nos — ecoou Sugden.

A moça hesitou por um momento. Seus olhos se abriram e estreitaram. Depois falou lentamente.

— Não sei quem era. Estava muito escuro para eu ver. *Mas era uma mulher...*

V

O superintendente olhou todos os rostos a seu redor. Disse, com o tom mais irritado que havia demonstrado até então:

— Isto é muito irregular, sr. Poirot.

— É uma ideiazinha das minhas — disse Poirot. — Quero compartilhar com todos o conhecimento que adquiri. Depois, então, pedirei a cooperação deles, e aí chegaremos à verdade.

Sugden murmurou, quase sem respirar:

— Truques de circo.

Recostou-se em sua cadeira.

— Em primeiro lugar, os senhores têm, acho eu, uma explicação a pedir ao sr. Farr — disse Poirot.

Sugden apertou os lábios.

— Eu teria escolhido um momento menos público — disse ele. — Mas não farei objeções. — Entregou o telegrama ao sr. Farr. — Agora, sr. *Farr*, como o senhor diz chamar-se, talvez saiba explicar *isso*.

Stephen Farr pegou o telegrama. Levantou as sobrancelhas e leu-o lentamente em voz alta. Depois, com um gesto afirmativo, devolveu-o ao superintendente.

— É — disse ele. — Isso foi o diabo, não foi?

— É tudo que tem a dizer? — perguntou Sugden. — O senhor bem sabe que não tem obrigação de dizer nada.

Stephen Farr interrompeu-o.

— Não precisa alertar-me, superintendente. Chego a ver o que está na ponta de sua língua. Sim, vou dar uma explicação. Não é muito boa, mas é verdadeira. — Fez uma pausa e depois recomeçou: — Não sou filho de Ebenezer Farr. Mas conhecia muito bem tanto o filho como o pai. Agora procurem colocar-se em meu lugar. (A propósito, meu nome é Stephen Grant.) Vim a este país pela primeira vez na vida. Fiquei desapontado. Tudo e todos pareciam monótonos e sem vida. Então, numa viagem de trem, vi uma moça. Devo confessar que fiquei caído por ela! Era a criatura mais adorável e imprevisível do mundo! Conversei um pouco com ela no trem e decidi não perdê-la de vista. Quando saía do vagão, vi a etiqueta em sua mala. O nome dela nada significava para mim, mas o endereço, sim. Já ouvira falar de Gorston Hall, e sabia tudo a respeito de seu proprietário. Fora um antigo sócio de Ebenezer Farr e o velho Eb sempre falava dele, do tipo de homem que era. Bem, aí tive a idéia de vir a Gorston Hall e passar-me pelo filho de Eb. Ele morreu, como diz o telegrama, dois anos atrás, mas lembrei-me de que o velho Eb dizia que não recebia notícias de Simeon Lee havia muitos anos, e imaginei que Lee não soubesse da morte do filho de Eb. Em suma, achei que valia a pena tentar.

— Mas não tentou logo — disse Sugden. — Ficou no King's Arms, em Addlesfield, durante dois dias.

— Estava resolvendo se vinha ou não. Finalmente, resolvi vir. Parecia uma aventura. Bem, o resultado foi ótimo! O velho recebeu-me da maneira mais hospitaleira possível e logo me convidou para ficar em sua casa. Aceitei. Aí está, superintendente, minha explicação. Se não acha verossímil, tente lembrar-se dos dias em que cortejava alguma moça e veja se não fez algumas bobagens. Quanto a meu verdadeiro nome, chamo-me Stephen Grant. Pode telegrafar para a África do Sul e pedir informações a meu respeito, mas posso adiantar-lhe isso: sou um cidadão respeitável. Não sou falsário ou ladrão de jóias.

— Nunca acreditei que fosse — disse Poirot baixinho.

O superintendente Sugden acariciou o queixo, pensativo. Disse:

— Precisamos confirmar esta história. Mas gostaria que me dissesse o seguinte: por que não abriu o jogo todo depois do crime, em vez de ficar contando um monte de mentiras?

— Porque fui um idiota! — respondeu Stephen com franqueza. — Pensei que pudesse sair desta! Achei que seria esquisito se eu admitisse estar aqui sob um nome falso. Se não tivesse sido tão idiota, teria imaginado que vocês telegrafariam para Johanesburgo.

— Bem, sr. Farr... é... Grant... não digo que não acredito em sua história — falou Sugden. — Será comprovada ou desmentida dentro em breve.

Olhou com ar indagador para Poirot, que disse:

— Acho que a srta. Estravados tem algo a dizer.

Pilar ficou muito branca. Falou, quase sem respirar:

— É verdade. Eu jamais diria, se não fosse por Lydia e pelo dinheiro. Vir até aqui e fingir, enganar e representar... foi divertido, mas quando Lydia disse que o dinheiro seria meu apenas por uma questão de justiça, aí ficou diferente; deixou de ser divertido.

Alfred Lee falou, com uma expressão confusa:

— Não estou entendendo, querida, de que está falando.

— Você acha que sou sua sobrinha, Pilar Estravados? — disse Pilar. — Mas não sou! Pilar morreu quando fazíamos uma viagem de carro na Espanha. Uma bomba atingiu o carro e matou-a, mas eu escapei ilesa. Eu não a conhecia muito bem, mas ela me falara muito de si, que seu avô a havia convidado para ir à Inglaterra e que ele era muito rico. E eu não tinha dinheiro, não sabia para onde ir e nem o que fazer. Aí tive uma idéia: "por que não pegar o passaporte de Pilar, ir para a Inglaterra e ficar muito rica?" — Seu rosto iluminou-se com um grande sorriso. — Ah, como foi divertido imaginar que eu me sairia bem dessa! Na fotografia, nossos rostos não eram muito diferentes. Mas quando pediram meu passaporte aqui, abri a janela, joguei-o lá embaixo e, quando fui buscá-lo, esfreguei um pouco de terra na foto. Na fronteira, eles não olham com muita atenção, mas aqui...

Alfred Lee ficou zangado:

— Você quer dizer que representou para meu pai, fingindo ser sua neta, e que jogou com a afeição dele por você?

Pilar fez um gesto afirmativo com a cabeça. Respondeu, complacente:

— Exato, percebi logo que poderia fazê-lo gostar muito de mim.

George Lee explodiu:

— Impostora! Criminosa! Tentando obter dinheiro por meios ilícitos.

— Não tirou nenhum dinheiro *seu*, meu velho! — disse Harry Lee. — Pilar, estou do seu lado! Admiro profundamente sua ousadia. E, graças a Deus, não sou mais seu tio! Agora, pelo menos, estou mais livre.

— O *senhor* sabia? — perguntou Pilar a Poirot. — Desde quando?

Poirot riu:

— Mademoiselle, se tivesse estudado as leis de Mendel, saberia que duas pessoas de olhos azuis dificilmente têm um filho de olhos castanhos. Sua mãe, tenho certeza disso, era uma dama casta e respeitável. Conseqüentemente, a senhorita não podia ser Pilar Estravados em hipótese alguma. Quando fez aquele truque com o passaporte, tive certeza. Foi engenhoso, entenda, mas não o suficiente.

— Essa trama toda não é muito engenhosa — disse Sugden de maneira desagradável.

Pilar encarou-o.

— Não estou entendendo... — disse ela.

— A senhorita contou-nos uma história — disse Sugden —, mas acho que ainda há muita coisa a ser dita.

— Deixe-a em paz! — exclamou Stephen.

O superintendente Sugden não lhe deu atenção. Continuou a falar:

— Você nos disse que subiu ao quarto de seu avô depois do jantar. Disse que foi um impulso seu. Vou sugerir outra coisa. Você roubou aqueles diamantes. Você os havia manuseado. Noutro momento, talvez os tenha escondido sem que o velho percebesse! Quando ele notou que as pedras haviam desaparecido, percebeu de imediato que só duas pessoas poderiam tê-las roubado. Uma delas era Horbury, que talvez tivesse obtido o segredo do cofre e roubado as pedras durante a noite. A outra pessoa era *você*. Bem, o sr. Lee tomou algumas providências. Telefonou-me e pediu-me que viesse visitá-lo. Depois mandou um recado para que você fosse vê-lo imediatamente após o jantar. Você subiu e foi acusada de roubo. Você negou e ele a pressionou com a acusação. Não sei o que aconteceu depois. Talvez ele tenha ficado atônito ao saber que você não era sua neta, e sim uma ladra profissional muito esperta. De qualquer modo, o jogo fora desmascarado e a descoberta assustou-a. Então você o atacou com uma faca. Houve uma luta e ele gritou. Com isso, você ficou em péssima situação. Saiu correndo do quarto, girou a chave pelo lado de fora e, percebendo que não teria tempo de fugir antes da chegada dos outros, *escondeu-se no recuo junto às estátuas*.

Pilar soltou um grito agudo:

— Não é verdade! Não é verdade! Eu não roubei os diamantes! E não o matei. Juro pela Virgem Santíssima.

— *Então quem foi*? — perguntou Sugden rispidamente. — Você disse que viu um vulto de pé junto à porta do quarto do sr.

Lee. De acordo com sua história, *aquela pessoa tem de ser o assassino. Ninguém mais* passou pelo recuo. Mas temos apenas *sua* palavra dizendo *que havia um vulto lá*. Em outras palavras, você *forjou essa história* para se justificar!

— Claro que ela é culpada! — disse George Lee, peremptório. — Está tudo muito claro! Eu sempre *disse* que um estranho matara meu pai! Era uma grande bobagem pensar que alguém da família o tivesse matado! Não... não seria natural!

Poirot mexeu-se em sua cadeira e disse:

— Discordo do senhor. Considerando o caráter de Simeon Lee, seria até uma coisa muito natural.

O queixo de George caiu. Encarou Poirot.

— E, em minha opinião — prosseguiu Poirot —, foi *exatamente* isso que aconteceu. Simeon Lee foi morto por algum parente consangüíneo, por algum motivo que o assassino considerava suficiente.

— Um de nós? — gritou George. — Eu nego...

A voz de Poirot interrompeu-o, incisiva como uma lâmina.

— Há um argumento pesando contra cada uma das pessoas aqui presentes. Comecemos pelo *senhor*, sr. George Lee. O *senhor* não amava seu pai! Mantinha com ele boas relações por causa do dinheiro. No dia de sua morte, *ele ameaçou reduzir sua mesada*. O senhor sabia que, em caso de morte dele, provavelmente herdaria uma quantia razoável. Aí está o motivo. Depois do jantar, como o senhor disse, foi telefonar. *Realmente* telefonou... mas a ligação durou apenas *cinco minutos*. Depois disso, pode muito bem ter ido até o quarto de seu pai, discutido com ele, atacando-o e matando-o. Saiu do quarto, girou a chave pelo lado de fora, pois esperava que o crime fosse atribuído a um ladrão. Não verificou, em seu pânico, se a janela estava toda aberta para sustentar a teoria do assaltante. Foi uma tolice; mas o senhor é, com perdão de minhas palavras, um homem tolo! No entanto — prosseguiu Poirot, depois de uma breve pausa durante a qual George tentou falar, mas não conseguiu —, há muitos criminosos que também são idiotas!

Seus olhos voltaram-se para Magdalene.

— A Madame também tinha um motivo. Se não me engano, ela tem algumas dívidas, e o tom de algumas observações de seu pai, sr. George, talvez... lhe tenha causado uma sensação desagradável. Ela também não tem álibi. Disse que foi telefonar, mas *não* telefonou. E temos *apenas a palavra dela* explicando o que fez...

Seguiu-se uma pausa. Poirot prosseguiu:

— Então, temos o sr. David Lee. Nós todos ouvimos falar, não uma, mas muitas vezes, sobre o temperamento vingativo e a boa memória dos Lee. O sr. David não esqueceu ou perdoou a maneira como seu pai tratava sua mãe. Um último escárnio dirigido à falecida senhora pode ter sido a gota d'água. Dizem que David Lee estava tocando piano na hora do crime. Por estranha coincidência, ele tocava a *Marcha fúnebre*. Mas suponhamos que outra pessoa estivesse tocando a *Marcha fúnebre*, alguém que soubesse o que ele ia fazer e que apoiava seu ato.

— É uma sugestão infame — disse Hilda Lee calmamente.

Poirot voltou-se para ela.

— Ofereço-lhe outra alternativa, Madame. Foi a *sua* mão que executou o crime. A *senhora* subiu as escadas para fazer justiça a um homem que a senhora considerava além do perdão humano. A senhora é daquelas, Madame, que pode ser terrível se odiar...

— Eu não o matei — disse Hilda.

O superintendente Sugden falou bruscamente:

— O sr. Poirot está certo. Há acusações possíveis contra todos, exceto o sr. Alfred Lee, o sr. Harry Lee e a sra. Alfred Lee.

— Eu não excetuaria nem esses três... — disse Poirot delicadamente.

— Ah, essa não, sr. Poirot! — protestou o superintendente.

— E qual seria o meu caso, Monsieur Poirot? — perguntou Lydia Lee.

Ela sorriu um pouco ao falar, as sobrancelhas levantadas com ironia.

Poirot curvou-se. Disse:

— Quanto a seu motivo, Madame, passo por cima. É suficientemente óbvio. Quanto ao resto, a senhora usava, ontem à noite, um vestido de tafetá florido de um modelo muito distinto, com uma pelerine. Vou lembrar-lhes o fato de que Tressilian, o mordomo, é míope. Os objetos distantes ficam vagos e difusos para ele. Friso, também, o fato de que a sala de estar é grande, iluminada por lâmpadas indiretas. Naquela noite, um ou dois minutos antes dos gritos, Tressilian veio à sala de estar para pegar as xícaras de café. Ele a viu, *foi o que pensou*, numa atitude familiar junto à janela, meio escondida pelas cortinas pesadas.

— Ele realmente me viu — disse Lydia.

— Eu diria que é possível que *Tressilian tenha visto a pelerine de seu vestido*, arrumada de forma a aparecer junto à cortina da janela, dando a impressão de a senhora estar lá.

— Eu estava lá... — disse Lydia.

— Como se atreve a sugerir... — começou Alfred.

Harry interrompeu-o.

— Deixe-o continuar, Alfred. Agora é nossa vez. Como o senhor sugere que o querido Alfred tenha matado seu amado pai, já que nós dois estávamos juntos na sala de jantar na hora do crime?

Poirot abriu um largo sorriso.

— Isso — disse ele — é muito simples. Um álibi torna-se muito mais verossímil quando é dado de má vontade. O senhor e seu irmão não se dão bem. Isso é bem conhecido. O *senhor* caçoa *dele* em público. *Ele* não tem uma palavra elogiosa para o *senhor*! Mas *suponhamos que tudo isso faça parte de um ardil muito inteligente*. Suponhamos que Alfred Lee estivesse cansado de cumprir as exigências de um patrão despótico. Suponhamos que os senhores se tenham encontrado algum tempo atrás. Traçaram o plano. O senhor volta para casa. Alfred finge estar ressentido. Demonstra ciúme e desamor em relação ao senhor. O senhor demonstra desprezo por ele. Aí chega a noite do crime que os senhores planejaram astuciosamente. Um dos dois fica na sala de jantar conversando e, talvez, discutindo em voz alta, para dar a idéia de que existem duas pessoas. *O outro sobe as escadas e comete o crime...*

Alfred pôs-se de pé.

— Seu monstro! — gritou, com a voz inarticulada.

Sugden tinha os olhos arregalados, fixos em Poirot.

— O senhor realmente quer dizer...

Poirot interrompeu-o, com um tom de súbita autoridade na voz:

— Tinha a obrigação de mostrar as *possibilidades*! Tudo que disse são coisas que *podem* ter acontecido! Qual delas aconteceu *de fato*, só poderemos dizer quando passarmos das aparências externas para a realidade interior... — Fez uma pausa e prosseguiu lentamente: — Precisamos voltar, como já disse antes, ao caráter do velho Simeon Lee.

VI

Houve uma pausa momentânea. Por estranho que possa parecer, toda a indignação e todo o rancor haviam desvanecido. Hercule Poirot mantinha a audiência sob a magia de sua personalidade. Eles observavam-no, fascinados, quando ele começou a falar lentamente.

— Está tudo aí, vejam bem. O falecido é o foco e o centro do mistério! Precisamos penetrar profundamente no coração e na mente de Simeon Lee e ver o que podemos encontrar lá. Porque um homem não vive e morre apenas para si mesmo. Aquilo que tem, ele transfere... para os que vêm depois dele... O que tinha Simeon Lee para legar a seus filhos e filha? Em primeiro lugar, orgulho. Um orgulho que, no velho, foi frustrado pela decepção com seus filhos. Havia, também, a paciência, que é uma qualidade. Soubemos que Simeon Lee esperava pacientemente durante anos para se vingar de alguém que lhe tivesse prejudicado de alguma forma. Vemos que esse aspecto de seu temperamento foi herdado pelo filho que menos se parece fisicamente com ele: David Lee também tem a capacidade de se lembrar e de alimentar ressentimentos por muitos anos.

De *rosto*, Harry Lee é o único dos filhos que se parece muito com ele. Tal semelhança é espantosa quando examinamos o retrato do jovem Simeon Lee. O mesmo nariz aquilino, a mesma linha marcante do queixo, a postura ereta da cabeça. Acho, também, que Harry herdou muitos dos maneirismos do pai... o hábito, por exemplo, de jogar a cabeça para trás e rir, e o de passar o dedo pelo queixo.

"Com todos esses dados em mente, e estando convencido de que o crime foi cometido por uma pessoa muito ligada ao morto, estudei a família do ponto de vista psicológico. Ou seja, tentei descobrir quais eram, *psicologicamente, os possíveis criminosos*. E, em minha opinião, apenas duas pessoas se encaixavam nesse quadro. Essas pessoas são Alfred Lee e Hilda Lee, a mulher de David. O próprio David, eu rejeitei como um possível criminoso. Não creio que uma pessoa de suscetibilidades tão delicadas pudesse enfrentar o derramamento de sangue causado por um pescoço cortado. Rejeitei, igualmente, George Lee e a mulher. Não importa quais sejam seus desejos, não têm temperamento para correr qualquer *risco*. Os dois são cautelosos por excelência. Quanto à sra. Alfred Lee, tenho certeza de que é incapaz de um gesto de violência. É de natureza muito irônica. Quanto a Harry Lee, hesitei. Tem aspecto um tanto rude, truculento, mas tenho quase certeza de que, a despeito de toda valentia e fanfarronice, é essencialmente fraco. Esta, agora eu sei, também era a opinião do pai dele. Harry, disse ele, não valia mais do que os outros. Tudo isso deixou-me com as duas pessoas que já mencionei. Alfred Lee é uma pessoa capaz de grande dedicação altruística. Um homem que se deixou controlar e subordinar à vontade de outro homem durante muitos anos. Nessas condições, sempre é possível que algo aflore. Além do mais, é possível que tenha alimentado um ódio secreto contra o pai que, talvez, com o tempo, se tenha fortalecido por nunca ter sido ventilado. As pessoas mais calmas e meigas são, em geral, capazes das mais súbitas e inesperadas violências. Por uma simples razão: quando perdem o controle, perdem-no completamente! A outra pessoa que considerei capaz de haver cometido o crime foi Hilda Lee. É o tipo de pessoa que, em determinadas ocasiões, pode resolver fazer justiça com as próprias mãos... embora jamais por motivos egoístas. Pessoas assim julgam e também executam. Muitas personagens do Velho Testamento são desse tipo. Jael e Judite, por exemplo.

"Então, depois de chegar a esse ponto, examinei as circunstâncias do crime propriamente dito. E a primeira coisa que chama a atenção... que nos salta aos olhos, por assim dizer... são as condições extraordinárias em que ocorreu! Voltemos ao quarto em que Simeon Lee morreu. Se pensarem bem, irão lembrar-se de que havia uma mesa pesada e uma grande cadeira derrubadas, um abajur, porcelana, copos etc. Mas a cadeira e a mesa, em especial, causavam surpresa. Eram de mogno maciço. É difícil imaginar como *qualquer* luta entre aquele velho frágil e seu oponente pudesse resultar em tantos móveis sólidos derrubados. A cena toda parecia *irreal*. Mesmo assim, com toda certeza, ninguém em plena sanidade mental iria encenar tal efeito, se ele realmente não houvesse ocorrido... a não ser que Simeon Lee houvesse sido assassinado por um homem forte que pretendia deixar a impressão de que o criminoso era uma mulher, ou alguém fisicamente fraco. Mas essa idéia não convenceria, de forma alguma, já que o barulho dos móveis daria o alarma e o assassino, por isso mesmo, teria muito pouco tempo para fugir. Com certeza, seria mais vantajoso para *qualquer um* cortar o pescoço de Simeon Lee com o *menor ruído* possível.

"Outro ponto extraordinário era a chave girada pelo lado de fora da fechadura. Mais uma vez, não parecia haver *razão* para esse procedimento. Não poderia sugerir suicídio, uma vez que nada na morte propriamente correspondia a suicídio. Não era para sugerir a fuga pelas janelas, porque as janelas encontravam-se em tal posição que fugir por ali era impossível! Acima de tudo, mais uma vez, envolvia *tempo*. Tempo que *deve* ter sido precioso para o assassino!

"Havia mais uma coisa incompreensível: um pedacinho de borracha cortado do *nécessaire* de Simeon Lee e um pequenino pino de madeira, que me foram mostrados pelo superintendente Sugden. Essas coisas foram apanhadas no chão por uma das primeiras pessoas a entrar no quarto. Mais uma vez: *essas coisas não faziam sentido*! Não significavam absolutamente nada! Mas encontravam-se ali.

"O crime, como percebem, torna-se cada vez mais incompreensível. Não tem ordem, método... *enfim*, não é *razoável*.

"E agora chegamos a mais uma dificuldade: o superintendente Sugden fora chamado pelo velho, que lhe falou de um roubo e pediu-lhe que voltasse hora e meia depois. *Por quê?* Se Simeon Lee suspeitava de sua neta ou de algum outro membro da família, por que não pediu ao superintendente Sugden que esperasse um pouco em outra sala enquanto conversava logo com a pessoa suspeita? Com o superintendente dentro de casa, a pressão sobre o culpado seria bem mais forte.

"Agora chegamos ao ponto em que não só o comportamento do assassino é extraordinário, como também é extraordinário o comportamento de Simeon Lee! E eu disse a mim mesmo: 'Tudo isso está errado!' Por quê? Porque estamos analisando *por um ângulo errado*. Estamos analisando *pelo ângulo que o assassino quer que analisemos*...

"Temos três dados que não fazem sentido: a luta, a chave girada e o pedacinho de borracha. Mas *deve* haver uma forma qualquer de analisarmos essas três coisas *com* sentido! Então esvaziei minha mente, esqueci as circunstâncias do crime e vi essas coisas *por seus próprios méritos*. Pensei: uma *luta*... O que *isso* sugere? Violência, quebra-quebra, barulho... A *chave*? *Por que* uma pessoa gira a chave? Para que ninguém entre? Mas a chave não impedia tal coisa, já que a porta foi derrubada quase imediatamente. Para manter alguém *lá dentro*? Para manter alguém *do lado de fora*? Um pedacinho de borracha? Disse a mim mesmo: 'Um pedacinho de *nécessaire* é um pedacinho de *nécessaire*, e nada mais!'

"Sendo assim, vocês podem dizer que não há nada aí... mas essa não é bem a verdade, pois ficam três impressões: barulho, reclusão, enigma...

"Elas se encaixam em seus suspeitos? Não. Tanto para Alfred Lee como para Hilda Lee, um crime silencioso seria infinitamente preferível. Perder tempo girando a chave pelo lado de fora seria absurdo. E o pedacinho de borracha continuava a significar... absolutamente nada!

"Ainda assim, continuava com a forte impressão de que nada havia de absurdo nesse crime... muito pelo contrário, fora muito bem planejado e admiravelmente executado. Fora, na verdade, um *sucesso*! Assim sendo, tudo que aconteceu tinha um significado...

"Depois, pensando tudo outra vez, tive a primeira luz...

"Sangue... *tanto sangue*... sangue por todo lado... Uma insistência em sangue: sangue vivo, molhado, brilhante... Tanto sangue... *sangue demais*...

"Daí veio uma idéia. Este é um crime de *sangue*, está *no* sangue. *É o próprio sangue de Simeon Lee que se volta contra ele...*"

Poirot inclinou-se para a frente.

— As duas pistas mais valiosas deste caso foram dadas, inconscientemente, por duas pessoas distintas. A primeira foi quando a sra. Alfred Lee citou um verso de *Macbeth*: "Quem jamais poderia imaginar que aquele velho guardasse tanto sangue dentro de si?" A outra foi uma frase proferida por Tressilian, o mordomo. Disse-me como se sentia atordoado, pois as coisas que aconteciam pareciam haver acontecido antes. Foi um fato muito simples que lhe deixou essa estranha sensação. Ouviu a campainha tocar e foi abrir a porta para Harry Lee e, no dia seguinte, fez a mesma coisa para Stephen Farr. Muito bem, e *por que* teve aquela sensação? Olhem para Harry Lee e Stephen Farr e *verão todos por quê*. São incrivelmente parecidos! *Por isso* é que, quando abriu a porta para Stephen Farr, *teve a sensação de estar abrindo para Harry Lee*. Parecia o mesmo homem de pé, no mesmo lugar. E então, somente hoje Tressilian comentou estar sempre confundindo as pessoas. Não é de se admirar! Stephen Farr tem nariz aquilino, o costume de jogar a cabeça para trás quando ri e a mania de acariciar o queixo com o dedo indicador. Se olharem atentamente para o retrato de Simeon Lee quando jovem, verão *não só Harry Lee como também Stephen Farr...*

Stephen mexeu-se. A cadeira rangeu. Poirot prosseguiu:

— Lembram-se daquela explosão de Simeon Lee, daquela saraivada contra a família? Ele disse, se não se esqueceram, que seria capaz de jurar que tinha filhos melhores, *mesmo que fossem bastardos*. Voltamos mais uma vez ao caráter de Simeon Lee. Simeon Lee, que sempre fizera sucesso entre as mulheres e que partira o coração da esposa! Simeon Lee, que se gabara a Pilar que podia formar um batalhão de filhos, todos mais ou menos com a mesma idade! Então cheguei a esta conclusão: Simeon Lee hospedava não apenas sua família legítima nesta casa, como também *um filho não-reconhecido e não-identificado de seu próprio sangue.*

Stephen levantou-se. Poirot perguntou-lhe:

— Foi este o verdadeiro motivo, não foi? Não aquele belo romance com a moça do trem! Você já tinha intenção de vir aqui *antes de encontrá-la*. Vinha para ver *que tipo de homem era seu pai...*

Stephen estava com uma palidez mortal. Falou, com a voz fraca e rouca:

— Sim, sempre quis saber... Minha mãe às vezes falava dele. Tornou-se uma espécie de obsessão para mim... ver como ele era! Juntei algum dinheiro e vim para a Inglaterra. Não queria que ele soubesse quem eu era. Fingi ser o filho do velho Eb. Vim aqui apenas por um motivo: conhecer meu pai....

O superintendente Sugden falou, quase num sussurro:

— Deus meu, eu estava cego... Agora percebo. Por duas vezes confundi-o com o sr. Harry Lee, e nem assim imaginei! — Voltou-se para Pilar. — Foi ele, não foi? Foi Stephen Farr que você viu do lado de fora da porta? Você hesitou, lembro-me bem, e olhou para ele antes de dizer que era uma mulher. Era Stephen Farr e *você não quis entregá-lo*.

Seguiu-se um breve murmúrio. Hilda Lee falou com sua voz profunda:

— Não. O senhor se engana. Foi *a mim* que ela viu...

— A senhora, Madame? — disse Poirot. — É, bem que imaginei...

Hilda prosseguiu calmamente:

— A autopreservação é uma coisa curiosa. Jamais pensei que eu pudesse ser tão covarde. Guardar silêncio só por estar com medo!

— A senhora poderia nos dizer agora? — perguntou Poirot.

Hilda concordou.

— Eu estava com David na sala de música. Ele estava tocando, e seus sentimentos pareciam muito estranhos. Estava um pouco assustada e sentia-me culpada por haver insistido um ele para que viéssemos. David começou a tocar a *Marcha fúnebre* e, de repente, resolvi o que fazer. Por estranho que possa parecer, decidi que partiríamos imediatamente... naquela noite. Saí em silêncio da sala de música e subi. Pretendia ir até o quarto do sr. Lee para lhe dizer claramente por que partiríamos. Segui pelo corredor até seu quarto e bati na porta. Não houve resposta. Bati outra vez, um pouco mais alto. Nenhuma resposta. Tentei abrir a porta. Estava trancada. Então, enquanto me encontrava ali, hesitante, *ouvi um barulho dentro do quarto...* — Ela parou. — Os senhores não vão acreditar, mas era verdade! *Havia alguém lá dentro...* atacando o sr. Lee. Ouvi mesas e cadeiras caindo, e o barulho de louças e porcelanas se quebrando. Foi então que ouvi aquele último e horrível grito terminando no vazio... depois, silêncio. Fiquei ali paralisada! Não conseguia mover-me! Então chegaram correndo o sr. Farr e Magdalene, e os outros. O sr. Farr e Harry começaram a arrombar a porta. Ela caiu e vimos o quarto, e *não havia ninguém lá...* exceto o sr. Lee, morto, em meio a todo aquele sangue.

Sua voz calma ficou mais alta. Ela gritou:

— *Não havia mais ninguém lá dentro. Ninguém,* entendem? *E ninguém saíra do quarto...*

VII

O superintendente Sugden respirou fundo. Disse:

— Ou eu estou ficando louco, ou é o mundo inteiro que está! O que a senhora acaba de dizer, sra. Lee, é absolutamente impossível. É uma loucura!

— Afirmo que ouvi pessoas lutando lá dentro! — gritou ela. — E ouvi o velho gritar quando lhe cortaram a garganta... e ninguém saiu e ninguém estava no quarto!

— Todo esse tempo e a senhora nada disse — comentou Poirot.

Hilda Lee estava lívida, mas falou com firmeza:

— Não, pois se eu dissesse o que tinha acontecido, os senhores só poderiam pensar e dizer uma coisa: que *eu* o matara...

Poirot balançou a cabeça.

— Não — disse ele. — A senhora não o matou. O filho dele o matou.

— Juro por Deus que não pus as mãos nele! — disse Stephen Farr.

— O senhor, não — disse Poirot. — Ele tinha outros filhos.

— Que diabos? — exclamou Harry.

George arregalou os olhos. David passou a mão sobre os olhos. Alfred piscou duas vezes.

— Na primeira noite em que estive aqui — disse Poirot —, na noite do crime, vi um fantasma. *Era o fantasma do morto.* Quando vi Harry Lee pela primeira vez, fiquei confuso. Tive a impressão de já tê-lo visto antes. Depois observei seus traços cuidadosamente e percebi como se parecia com o pai, e disse a mim mesmo que era aquela a causa da familiaridade. Mas, ontem, um homem sentado em frente a mim jogou a cabeça para trás e riu... *e percebi qual a pessoa que Harry Lee me fizera lembrar*. E descobri, num outro rosto, os traços do morto. Não é de admirar que o pobre Tressilian tenha ficado confuso ao abrir a porta não para dois, mas para *três* homens muito parecidos entre si. Não é de admirar que ele se tenha confessado confuso em relação às pessoas havendo três homens na casa que, à distância, poderiam passar um pelo outro! A mesma compleição, os mesmos gestos (um em particular, o costume de acariciar o queixo), o mesmo hábito de rir com a cabeça jogada para trás, o mesmo nariz aquilino. Ainda assim, a semelhança não era facilmente percebida, *porque o terceiro homem tinha bigode.*

Inclinou-se para frente.

— As pessoas se esquecem, às vezes, de que os policiais também são homens, que têm mulheres, filhos, mães — Poirot fez uma pausa —, e *pais*... Lembram-se da reputação local de Simeon Lee? Um homem que partia o coração da esposa devido a seus casos com mulheres. Um filho bastardo pode herdar muitas coisas. Pode herdar as feições do pai e até mesmo seus gestos. Pode herdar seu orgulho, sua paciência e seu espírito vingativo!

Sua voz tornou-se mais alta.

— Durante toda a sua vida, Sugden, você se ressentiu do mal que seu pai lhe fez. Acho que já decidira matá-lo há muito tempo. Você vem do condado vizinho, não muito distante. Sem dúvida alguma, sua mãe, com o dinheiro que Simeon Lee generosamente lhe dera, não teve dificuldades em encontrar um homem que servisse de pai para o filho dela. Foi fácil para você ingressar na força policial de Middleshire e esperar uma oportunidade. Um superintendente de polícia tem ótimas oportunidades de cometer um crime e safar-se dele.

O rosto de Sugden estava branco como papel.

— O senhor está louco! — disse ele. — Eu não estava dentro da casa quando ele foi morto.

Poirot balançou a cabeça.

— Não, você o matou antes de deixar a casa pela primeira vez. Ninguém o viu com vida depois que você saiu. Foi tudo muito fácil para você. Simeon Lee esperava-o, sim, *mas nunca lhe telefonou.* Foi *você* quem ligou para ele e falou vagamente numa tentativa de assalto. Disse-lhe que viria vê-lo pouco antes das vinte horas e que fingiria estar recolhendo donativos para uma instituição de caridade da polícia. Simeon Lee não suspeitava de nada. Não sabia que você era seu filho. Você veio e inventou uma história sobre a substituição dos diamantes. Ele abriu o cofre para lhe mostrar que os diamantes verdadeiros estavam em sua posse. Você pediu desculpas, voltou com ele para o meio do quarto e, pegando-o de surpresa, cortou-lhe o pescoço, tampando-lhe a boca com a mão para que ele não pudesse gritar. Uma brincadeira de criança para um homem com seu porte físico.

"Depois preparou a cena. Pegou os diamantes. Empilhou mesas, cadeiras, copos e abajur, e amarrou tudo com uma corda ou fio muito fino que trouxera enrolado em seu corpo. Trouxera consigo uma garrafa de sangue de algum animal morto recentemente, ao qual acrescentou uma quantidade de citrato de sódio. Borrifou o sangue à vontade e adicionou mais citrato de sódio à poça de sangue que saía da ferida de Simeon Lee. Aumentou o fogo para que o corpo permanecesse quente. Depois passou as duas extremidades da corda pela fresta da janela e deixou-as penduradas do lado de fora. Saiu do quarto e girou a chave pelo lado de fora. Isso era vital, *para que ninguém, em hipótese alguma, entrasse naquele quarto*. Depois saiu e escondeu os diamantes no jardim da pia de pedra. Se, mais cedo ou mais tarde, eles fossem descobertos lá, serviriam apenas para concentrar as suspeitas exatamente onde você queria: nos membros da família legítima de Simeon Lee. Pouco antes das 21h15, você voltou e, dirigindo-se à parede sob a janela, puxou a corda. Com isso, toda a pilha cuidadosamente arrumada desabou. Móveis e louças caíram com estrondo. Puxou uma extremidade da corda e enrolou-a de novo ao redor do corpo, debaixo do colete. E ainda havia mais um artifício!"

Poirot voltou-se para os outros.

— Vocês se lembram, todos vocês, como cada um descreveu o grito de morte do sr. Lee de uma forma diferente? O sr. Lee descreveu-o como o grito de um homem em agonia mortal. Tanto sua mulher como David Lee usaram a mesma expressão: uma alma no inferno. A sra. David Lee, ao contrário, disse que era o grito de alguém *sem* alma. Disse que era inumano, como o de um animal. Foi Harry Lee quem chegou mais perto da verdade. Disse que parecia um porco sendo sacrificado.

"Vocês conhecem aqueles balões compridos, cor-de-rosa, que são vendidos na feira, com rostos desenhados, chamados de 'porco agonizante'? Quando se deixa sair o ar, eles soltam um grito inumano. Este, Sugden, foi seu retoque final. Você deixou um desses balões no quarto. A abertura estava tampada com um pino de madeira, mas esse pino também estava preso à corda. Quando você a puxou, ele saiu e o porco começou a esvaziar-se. Em meio ao barulho dos móveis caindo, ouviu-se o grito do 'porco agonizante'."

Poirot voltou-se mais uma vez para os outros.

— Percebem, agora, o que Pilar Estravados pegou no chão? O superintendente esperava chegar a tempo, a fim de recolher a borrachinha antes que alguém a visse. No entanto, tirou-a de Pilar rapidamente, com sua autoridade oficial. Mas lembrem-se de que ele *nunca mencionou o incidente a ninguém*. O fato em si era singularmente suspeito. Soube por intermédio de Magdalene e interpelei-o a esse respeito. Ele estava preparado para tal eventualidade. Havia cortado uma pontinha do *nécessaire* do sr. Lee, que me mostrou, juntamente com um pininho de madeira. Aparentemente, esses objetos correspondiam à descrição: um fragmento de borracha e um pedacinho de madeira. E significavam, como achei naquele momento: absolutamente nada! Mas, tolo que fui, não pensei imediatamente: "Isto não significa nada, portanto não deve ter sido encontrado lá e o superintendente está mentindo..." Não, tolamente continuei a tentar descobrir uma explicação para o fato. E só quando Mademoiselle Estravados brincava com um balão que estourou, e comentou que devia ter sido um pedaço de balão estourado o que ela pegara no quarto de Simeon Lee, só aí percebi a verdade.

"Estão vendo agora como tudo se encaixa? A luta improvável, *necessária para indicar uma hora falsa da morte*; a porta trancada para que ninguém encontrasse o corpo antes do tempo; o grito mortal do homem. O crime, agora, passa a ser lógico e racional.

"Mas, no momento em que Pilar Estravados anunciou em voz alta sua descoberta, começou a representar uma fonte de perigo para o assassino. E se a observação dela tivesse sido ouvida por ele, dentro de casa (o que não seria absurdo, já que a fala dela foi alta e clara, e as janelas estavam abertas), ela própria corria perigo considerável. Já uma vez proporcionara ao assassino um momento desagradável. Dissera, referindo-se ao velho sr. Lee: 'Ele deve ter sido um homem muito atraente quando jovem.' E acrescentou, dirigindo-se diretamente a Sugden: '*Como o senhor*.' O significado de suas palavras era literal e Sugden o sabia. Não é de se admirar que Sugden tenha ficado roxo e quase sufocado. Fora inesperado demais, e excessivamente perigoso. Depois disso, ele precisava depositar a culpa sobre ela, o que se mostrou bem difícil, uma vez que, sendo uma neta desamparada pelo velho, não tinha, obviamente, motivos para matá-lo. Mais tarde, quando ouviu, de casa, o comentário dela sobre o balão, resolveu tomar providências desesperadas. Arrumou aquela armadilha enquanto almoçávamos. Felizmente, quase que por milagre, ela não funcionou..."

Houve um silêncio mortal. Depois Sugden falou calmamente:

— Quando teve certeza?

— Só tive certeza absoluta quando trouxe um bigode falso e experimentei-o no retrato de Simeon Lee. Aí... o rosto que me olhava era o seu.

Sugden exclamou:

— Que Deus atormente a alma dele no inferno! Estou contente com o que fiz!

Sétima parte

28 de dezembro

I

— Pilar — disse Lydia —, acho melhor você ficar conosco até arranjarmos alguma coisa definitiva para você.

— Você é muito boa, Lydia — disse Pilar com meiguice. — Tem bom coração. Perdoa as pessoas com facilidade, sem fazer alarde.

— Ainda a chamo de Pilar — disse Lydia, sorrindo —, embora imagine que seu nome seja outro.

— É, na verdade chamo-me Conchita Lopez.

— Conchita também é um nome bonito.

— Você é mesmo muito boa, Lydia. Mas não precisa preocupar-se comigo. Vou me casar com Stephen e viajaremos para a África do Sul.

— Isto dá um ótimo final.

— Já que tem sido tão boa — disse Pilar timidamente —, você acha, Lydia, que poderíamos voltar aqui um dia... talvez no Natal... com todos aqueles biscoitos e passas quentes, e aquelas coisas brilhantes numa árvore e os bonequinhos de neve?

— Claro, vocês virão para ver um Natal inglês de verdade.

— Será ótimo. Sabe, Lydia, acho que este ano o Natal não foi nada agradável.

Lydia prendeu a respiração.

— Não, não foi um Natal agradável...

II

— Bem, até logo, Alfred — disse Harry. — Acho que não vai me ver tão cedo. Vou para o Havaí. Sempre pensei em morar lá se tivesse algum dinheiro.

— Até logo, Harry — disse Alfred. — Espero que seja feliz. Sinceramente.

Harry falou, um tanto sem jeito:

— Desculpe-me por lhe haver perturbado tanto, meu velho. Meu senso de humor é meio às avessas. Não consigo deixar de pregar peças nas pessoas.

Alfred respondeu com esforço:

— Acho que eu também preciso aprender a brincar.

— Bem... adeus — disse Harry, com alívio.

III

— David, Lydia e eu resolvemos vender esta casa — disse Alfred. — Achei que, talvez, você quisesse levar algumas das coisas que pertenceram a nossa mãe: a cadeira e a banqueta. Você sempre foi o preferido dela.

David hesitou por um minuto. Depois falou lentamente:

— Obrigado pela lembrança, Alfred, mas quer saber de uma coisa? Acho que não vou levar nada. Não quero nada desta casa. É melhor romper com o passado de vez.

— Sei, entendo — disse Alfred. — Talvez você tenha razão.

IV

— Bem, até logo, Alfred — disse George. — Até logo, Lydia. Passamos por maus momentos. Haverá o julgamento, também. Acho que a história toda virá a público... quer dizer... Sugden, filho de nosso pai. Não poderíamos dar um jeito, talvez fosse melhor, de acusá-lo de ser agente comunista e haver matado nosso pai por ser capitalista? Qualquer coisa no gênero?

— Meu caro George — disse Lydia —, você realmente acha que um homem como Sugden seria capaz de mentir para aplacar *nossos* sentimentos?

— É... talvez não — concordou George. — Não, percebo o que quer dizer. Mesmo assim, aquele sujeito deve ser um louco. Bem, até logo de novo.

— Até breve — disse Magdalene. — Ano que vem, que tal irmos à Riviera, ou a algum outro lugar, para passarmos um Natal realmente alegre?

— Depende do câmbio — disse George.

— Querido, não seja *mesquinho*.

V

Alfred apareceu no terraço. Lydia estava curvada sobre uma pia de pedra. Levantou-se quando o viu.

— Bem — disse ele com um suspiro —, todos se foram.

— É, que alívio.

— É mesmo. Você vai gostar de sair daqui.

— Vai ser muito difícil para você? — perguntou ela.

— Não, vai ser bom para mim também. Há muitas coisas interessantes para fazermos juntos. Continuar morando aqui seria o mesmo que lembrar constantemente de um pesadelo. Graças a Deus, está tudo acabado!

— Graças a Hercule Poirot — disse Lydia.

— É. Sabe, foi mesmo impressionante como tudo se encaixou depois da explicação dele.

— Sei disso. É como quando a gente acaba de montar um quebra-cabeça e todas aquelas pecinhas que pareciam não se encaixar em lugar algum encontram seus lugares naturalmente.

— Só uma coisa ficou sem explicação — disse Alfred. — O que George fez *depois* que acabou de telefonar? Por que ele não falou?

— Você não sabe? Eu sabia o tempo todo. Ele estava examinando os papéis em sua escrivaninha.

— Ah! Essa não, Lydia, ninguém faria uma coisa dessas!

— George faria. Ele é absurdamente curioso em questão de dinheiro. Mas é claro que não podia confessar. Teria de ser imprensado contra a parede antes de admitir uma coisa dessas.

Alfred mudou de assunto:

— Está fazendo outro jardim?

— Estou.

— Qual é, desta vez?

— Acho — disse Lydia — que é uma tentativa de criar uma nova versão do Jardim do Éden... sem a serpente... e Adão e Eva, definitivamente, são pessoas de meia-idade.

— Querida Lydia, como foi paciente durante todos estes anos. Você tem sido muito boa para mim.

— Mas entenda, Alfred, eu o amo...

VI

— Que Deus me ajude! — exclamou o coronel Johnson. — Palavra de honra! Que Deus me ajude!

Recostou-se na cadeira e encarou Poirot. Falou em tom de lamúria.

— Meu melhor homem! O que vai ser da polícia?

— Até mesmo os policiais têm vida privada! — disse Poirot. — Sugden era um homem muito orgulhoso.

O coronel Johnson balançou a cabeça.

Para dar vazão a seus sentimentos, chutou as toras da lareira. Falou meio sem jeito:

— É o que sempre digo: nada como uma lareira.

Hercule Poirot, consciente das correntes de ar em seu pescoço, pensou consigo mesmo:

"*Pour moi*, acima de tudo o aquecimento central..."

Este livro foi impresso no Rio de Janeiro, em maio de 2012,
pela Edigráfica, para a Editora Nova Fronteira.
O papel do miolo é offset 63g/m² e o da capa é cartão 250g/m².